JN315644

蜜まつり

藍川 京

祥伝社文庫

目次

一章　和服美人

風薫《かお》る五月とはよく言ったもので、都会とはいえ、緑の香りが鼻腔《びこう》をくすぐる。大《おお》高級便利屋、加勢屋《かせいや》の事務所は、荻窪《おぎくぼ》駅南口の改札を出て徒歩十分のところにあり、田黒《たぐろ》公園も近い。

大田黒公園は、敷地が二千七百坪近くある回遊式日本庭園だ。吉祥寺《きちじょうじ》に住んでいる武《たけ》居勇矢《いゆうや》は、加勢屋に就職するまで、大田黒公園など知らなかった。

音楽評論家の大田黒元雄《もとお》氏の屋敷跡地に作られた日本庭園式の区立公園で、氏の遺志で遺族によって敷地が寄付され、公園になったという。

音楽に精通しているわけでもない勇矢は、大田黒氏の名前も知らなかったが、日本における音楽評論の草分けとなる人で、相当の資産家だったようだ。

仕事が暇でブラブラしていたときに、桟瓦葺《さんかわらぶ》きの門を見つけた。

そこを入ると、白い御影石《みかげいし》のアプローチが七十メートルもまっすぐに続き、左右には樹齢七十年とか八十年と言われる大イチョウ並木だ。これが個人の屋敷だったのかと、建物に辿《たど》り着く前に驚いた。

建物といっても、大田黒氏の邸宅がそのまま残っているのではなく、住居跡に、仕事場だったレンガ色の記念館があり、後は茶室や休息所だ。茶室と池の間には広々とした芝生《しばふ》が広がっており、池の畔《ほとり》にはあずまやもある。

荻窪駅南口から近いところに、こんな公園があるのが不思議で、他に人がいないときなど、異次元に迷い込んだような気分になる。

緑があり、水の流れがあり、ぼーっとするには贅沢《ぜいたく》すぎる場所だ。最近は季節もいいので、暇なときは足を運ぶようになった。時間があっても昼サロや昼キャバで遊ぶ気にならないのは、男として問題かもしれない。

加勢屋に就職したのは梅雨《つゆ》入りした頃だった。それから一年近く経《た》ったことになる。

大学も卒業して三十五歳まで勤めていた会社は実績もよかったが、ある日、会社入口に『本社は倒産いたしました。ご迷惑をおかけします』の張り紙一枚を残し、社長も消えてしまった。

社長の加勢主水《かせもんど》は高級便利屋と銘打っているだけに、掃除や荷物運びや犬の散歩などの単純作業は断っている。

難しい仕事を受けていると言っただけに、確かに、べらぼうな金を払ってでも解決してほしいとやってくる者がいる。だが、この不景気で、確実に客足は鈍《にぶ》っている。

入社したときからめったに社員に会うことはなかったので、他の社員がどんな仕事をやっているかわからない。

ときどき、他の社員はお払い箱になってしまったのではないかと思うことがあるが、さっと顔を出し、さっと出ていくこともあり、勇矢以外の社員を認識することになる。

遊んでいても基本給は三十万円。だが、仕事をすれば、謝礼金の半分は自分のものになる。

加勢屋に就職してすぐに、金目当ての結婚詐欺から金満家の一人娘を奪還することに成功し、成功報酬の半分、二百万円の大金を手に入れた。プラス基本給だ。

そんな勇矢にとって、大きな仕事がなければ退屈なだけでなく、損をしているような気分になってしまう。

仕事を与えられていなくても、九時前には事務所に顔を出す。今朝《けさ》もそうだった。

「他の奴に仕事は頼んだから、今日はゆっくりしていていいぞ」

ドアを開けるなり主水に言われ、お払い箱になるのではないかと不安になった。

会社も主水という人物もいかがわしいと思っていたが、難題を解決すると、高額の謝礼金も惜しくないように大喜びしている依頼者ばかりで、疾《やま》しい仕事ではないと思うようになった。

「社長、仕事に自信はあります。どうして他の奴に仕事を渡して、僕に渡してくれないんですか」

一週間以上ブラブラしている勇矢は無駄な時間を過ごすより稼《かせ》ぎたかったし、能力があるのは強調しておきたかった。

「慌てるな。急《せ》いては事を仕損ずる。待てば海路の日和《ひより》あり。果報は寝て待て、だ」

主水は呑気《のんき》なことを言った。

「社長はいいでしょうが、僕はどうなるんです。基本給だけじゃ、結婚もできないし、妻子も養えません」

満足に女とも遊べない、と言いたかっただけだが、すんでのところでその言葉を呑み、心にもないことを口にした。

「ほう、家庭を持つ気になったか。で、相手はできたのか」

「秘密です」

「進行中か」

主水が探るような目を向けた。

「相手がいるわけないでしょう。ほんの冗談《じょうだん》です。ゆっくりしていいなら、近くをブラブラしてきます。半径一キロ以内です」

勇矢はすぐに訂正して、外に出た。

主水の娘の紫音《しおん》以外の女と結婚すれば用なしになり、お払い箱になる可能性がある。相手がいるようなことは、冗談でも言うべきではなかった。

主水と社長秘書の紫音は父娘だが、その関係を社員に隠している。

主水はやや髪の薄い男で、気に入らないことを調子に乗ってよく喋る。時々、後ろから首を絞めたくなる。

それに比べ、紫音は某人気女優に似た理知的な美人で、身長は百六十五センチほど。モデルと間違いそうなほどすらりとしており、艶やかな漆黒の髪はアップにしたり、時にはロングのままだったりする。

くびれた腰や、ほっそりした長い首に、CカップとDカップの中間あたりかと思える漲ったバストも魅力で、主水とは他人としか思えない。

勇矢は入社した日から、ふたりが愛人関係にあると勘繰ってしまったが、紫音との賭けに勝ってベッドインできることになったとき、ちょっとしたことで言い争いになり、

「知らん振りしていたが、おまえは社長の愛人じゃないか」

と、言ってしまった。

紫音が呆《あき》れた顔をした。

「パパがあの会社を作ったのは、私の結婚相手を見つけるためよ。一緒に勤めていれば、社員の誰かを私が好きになるとでも思っている単純な人なのよ。だから、独身しか採《と》らないの。私は社長の娘ということでちやほやされるのはいやだし、そんな目で見られて近づかれるのもいやだから、他人を装《よそお》うなら秘書役で勤めてもいいって言ったの。私は私でパパが変な女とつき合わないか監視できるし。ママはいい人だったのに、パパはずいぶんと女関係で泣かせたのよ」

紫音は主水との関係を悟《さと》られないように、会社では本名の加勢ではなく、亡くなった母親の旧姓、野島《のじま》を使っているのもわかった。

何もかも意外だったが、真実だと思えた。

「試験もしないで、いつも面接だけで社員を採るんだけど、パパの感性の問題なの。あなたのことが気に入ったみたいね。今までの人達よりましだけど、いつも妙な人ばかり入れるのよ。すぐに辞める人が多いけど、それはパパが見限った人。意地悪もしないで自然に辞めるように仕向けるのは一流だわ」

そうも言われた。

そして、これからも他の社員だけでなく、主水にも父娘関係には気づいていない振りをしてほしいと言われ、勇矢はそれを守っている。馬鹿馬鹿しいと思うが、主水に対して騙《だま》されている振りをしていると思うと、胸のすく思いがしている。他の社員に対しても、自分だけが秘密を知っているという優越感がある。

亡くなった主水の妻の両親と、主水の両親が遺した財産だけでも食べていけるが、主水は会社勤めをし、定年退職した後、退屈して加勢屋をはじめたという。

加勢屋は紫音の婿《むこ》捜しのために作られた道楽の会社で、主水が気に入った独身の男しか雇《やと》わないという。ということは、勇矢は婿に見込まれたひとりというわけだ。だが、紫音はじゃじゃ馬で、勇矢も草食系とはほど遠いオス獣。そうそう上手《うま》くいくはずはない。

すでに躰《からだ》を重ねたというのに、二度目の紫音との関係はない。玉の輿など目論《もくろ》んでいないが、まだ三十代半ばで勇矢の性欲はあり余っている。一度でもベッドで汗を流して楽しんだ仲なら、たまには健康のため、ストレス解消のため、させてくれてもいいじゃないかと言いたくなる。

だが、そんなことを口にすれば紫音に軽蔑《けいべつ》され、主水に何を告《つ》げ口されるかわからない。娘に嫌われた男には用なしと、主水から馘《くび》を言い渡されたら、また面倒な就職活動だ。今どき、気に入る職に就《つ》けるはずがない。

加勢屋の仕事は依頼によっては面白いし、収入にも魅力がある。依頼者から払われた成功報酬の半分が基本給に上乗せされるだけに、就職した最初の月に手にした給料を思うと、これ以上いい仕事にはありつけない気がする。

調子のいい主水に苛立《いらだ》つこともあるが、社長らしくないところが妙な魅力で、反抗しながらも、一緒に呑んだりしてしまう。主水と同伴すれば、呑み代がタダになる。それがいちばんの魅力かもしれない。

ふたりとも女好きなので、ホステスを口説《くど》いて争奪戦になることもあるが、女達は勇矢の若さより主水の金に目が眩《くら》むことが多い。

行きつけの吉祥寺のバー美郷《みさと》のホステス、茉莉奈《まりな》さえ、あっという間に主水に盗られてしまった。

茉莉奈はオスの欲求を解消するのにいい相手だったし、相性もよかった。それが、ちょっと油断した隙《すき》に、主水の愛人になったから、これからセックスはできないなどと言われ、四捨五入すれば七十になる男に、二十代前半の女を盗られる大失態となった。

文句は言いたいが、未練は男の恥。弱音は吐きたくないし、惨《みじ》めな姿は見せたくない。主水に誘われれば、痩《や》せ我慢をして、いまだに美郷にも顔を出している。

大田黒公園のあずまやの近くでぼっとしていたとき、背後で溜息《ためいき》が聞こえた。

振り向くと、椋《むく》の木や白樫《しらかば》の木の手前に、白っぽい結城《ゆうき》の着物を着た女が立っている。藍色と深緋《ふかひ》と利休《りきゅう》白茶《しらちゃ》の斜めの太い線を交互に染めた粋《いき》で上品な帯を締めた女の後ろ姿だけで、十分すぎるほど絵になっている。

艶《あで》やかな黒髪をきれいにアップにしているだけに、ほっそりしたうなじがゾクゾクするほど色っぽい。法律も何もなかったら、獣になって、背後から襲いかかりたいほどだ。

和服の後ろ姿の女は美しいだけでなく、それ以上に扇情《せんじょう》的だ。

美人でも、ただ美しいだけの女と、股間のものが反《そ》り返りそうになるほど、総身からメスの匂いを漂《ただよ》わせている女がいる。その匂いはあくまでも雰囲気で、鼻腔を直接刺激する香りではないが、目の前にいる女は、文句なしに高貴な香りを漂わせている。それも噎《む》せるほどだ。

また女が溜息をついた。そのとき、ほっそりした肩先が動いたような気がした。

「そこに何かありますか?」

相手が溜息をついているとき、そんな質問はないだろうが、話すきっかけを作りたかった。

振り返った女はやけに驚いているようで、気の毒なほど強《こわ》ばった顔をしていた。予想外に女を仰天《ぎょうてん》させ、その反応に勇矢の方が狼狽《ろうばい》した。後ろ姿に見合った美人だ。黒田清輝《くろだせいき》の「湖畔」に描かれた照子《てるこ》夫人に似ている感じもする。

日本庭園にもってこいの女だ。

園内に茶室があり、予約すれば借りられるようになっているので、茶会の席に出ている
客かもしれない。

「すみません……驚かせてしまいましたか……？」

女が絶句しているので、勇矢は故意に頭を掻《か》いて見せた。

「奥に何かいましたか？」

溜息と確信しているが、それには気づいていない振りをした。

「いえ……そこにどなたかいらっしゃるとは存じませんで……びっくりしました」

女が胸に手をやった。

たとえ勇矢が目の前にいても、女は気づかなかっただろうか。それほど何かを思い悩ん
でいるのかもしれない。

「池があって川があって、せせらぎの音もして、荻窪駅の近くに、こんないいところがあ
るなんて、去年まで知らなかったんですよ。ときどきいらっしゃるんですか？」

「初めてです……」

しとやかな細い声にゾクゾクした。

萌葱《もえぎ》色の帯締めも緑多い場所と溶け合っている。季節に合わせているのなら、着物道楽で着慣れているのだろう。

「お近くですか。散歩できる場所にこういうところがあるといいですね」

「いえ……以前この辺《あた》りに住んでいたという知り合いに聞いていたものですから……」

「最近は遠くからやってくる人もいるようですね。でも、今日は人が少なくて、ゆったりするには最高です。紅葉の頃はライトアップもするし、その頃は人が多いですよ。といっても、僕は去年が初めてでしたが」

女はいくつだろう。勇矢より年上に見えるが、和服だからだろうか。三十代後半の感じだ。四十になっているかもしれない。

「茶室でお茶会でもやってるんですか？」

「いえ……」

「いつも着物ですか？　粋ですね」

前の会社にいたとき、接待でバーやクラブを使うことも多かったので、ママやホステスの高価な着物は見慣れている。

「まるで、大田黒公園の宣伝ポスターでも作るためのモデルさんのような……意外と当たってますか？」

何とか女と近づきたいと、勇矢は調子のいいことを言った。だが、決して社交辞令ではない。女がポスターのモデルになれば、上品でしっとりした感じに仕上がるだろう。

女は戸惑《とまど》っている。

ゆったりした一生を送れる人間もいれば、苦労して、死ぬまで汗水流して働いて終わる人間もいる。世の中は不平等すぎる。なぜこんな奴が苦労しないで人生を終えられるんだと、文句のひとつも言いたいときがある。

だが、目の前の女には苦労させたくない気がするし、苦労が似合わない。ゆったりした生活で一生を終わってほしい。嫉妬《しっと》する気になれないのは、この女の持つ奥ゆかしい雰囲気からだろうか。

「平日のこんな時間に、和服でゆっくりお出かけになられるなんていいですね。今どきは共稼ぎが多くて、専業主婦でいられる人はそう多くないでしょうから」

いかにも裕福な感じの女に、勇矢はまた愛想よく言った。だが、女の顔が急に曇《くも》った。まずいことを言っただろうかと焦ったが、思い当たる言葉がない。

ゆったりと見え、粋な着物を着ていることで裕福な暮らしをしていると思ったが、もしかして、この不況で夫の事業が失敗したとも考えられる。それで、思い余ってふらりと家を出て、その後、世を儚《はかな》んで自ら命を……。

さっきの溜息を思い出し、勇矢は最悪のことを考えた。

「人生色々……ええ、色々ですよ」

そう口にした後で、かつての首相が言った言葉だったと思い出し、参ったなと思った。

「人生、山あり谷あり、平地乏《とぼ》し、です」

かつての首相の言葉を誤魔化すためにつけ足したが、山あり谷ありで終わりにしておけばよかったと、これまた余計な言葉を最後に勝手につけ足したことで汗ばんだ。

「独《ひと》り言《ごと》です。すみません。喋りすぎで……」

女好きで、相当遊んできた勇矢だが、あまりに自分の次元とちがう女のようで、どうも調子が狂ってしまう。

「こんな時間にここにいらっしゃるということは、お仕事でもなくされたとか……」

意外な女の言葉に、今度は勇矢が面喰らった。

人生色々も、山あり谷ありも、勇矢自身のことと勘ちがいされたらしい。

「いえ、僕は近くで働いているんですが、妙な社長で、今日はゆっくりしていいと言われて、それでここに来たんです。仕事となると徹夜のこともありますし、まあ、こんな日があってもいいかと」

「まあ、徹夜もおありですか。大変なお仕事なんでしょうね」

女が少しリラックスしてきた。

「高級便利屋なんです。何かありましたらどうぞ」

勇矢は女に近づいて名刺を差し出した。それを受けとる白いほっそりした指先も、苦労知らずに見える。

「高級便利屋の加勢屋さんですか……私も荷物を運んでいただいたことがあります。主人がいないとき、庭に大きなカマキリがいて、心臓が止まりそうになって、慌てて便利屋さんを呼んで捕まえてもらったこともあります……ああ、いや……そのときのことを思い出しただけで鳥肌が立ちそう……」

女が端麗な顔を歪《ゆが》めた。

「それから、しばらくお庭に出られなくなったんです。春になると、いつまたカマキリがやってくるかもしれないと恐くて……夏は特に」

また女が眉を顰《ひそ》めた。

ベッドの上でも、こんな悩ましい顔をするのだろうか。絶頂を極めるときの女は、たいてい眉間《みけん》に皺《しわ》を寄せる。勇矢の脳裏《のうり》に、目の前の女を貫いている姿が浮かんだ。

「そんなお仕事をなさってらっしゃるのね」

女に訊《き》かれ、勇矢は慌てて猥褻《わいせつ》な妄想を振り払った。

「いえ、カマキリはまだ……うちは高級がついてますし、荷物運びや、その手の簡単なことはやらないんです」

「徹夜のお仕事ばかりですか」

「いえ……困難な仕事を、それなりの料金で受けるんです。依頼の内容は話せませんが、たとえば……そう、たとえばの話ですが、詐欺師《さぎし》のような男に騙されている娘さんを、綿密な計画を練《ね》って親御さんの元に返すとか。詐欺師も娘さんも納得するようにと言いますか、うまくやります」

初めて手がけた仕事のことを、たとえばと前置きして話すと、女の喉がコクッと鳴った。

「不倫している夫を相手から取り戻すなんてこともおできになるの?」

女はそう尋ねた後、自分の言葉にはっとし、気の毒なほど顔を赤らめ、顔を覆《おお》った。

「できます。加勢屋に不可能はありません」

さっきの溜息の意味がわかり、勇矢は即座に返した。

不可能はないなどと言ったからには、是《ぜ》が非でも女の希望を叶《かな》えてやらなければならない。勇矢の名誉もかかっている。

それにしても、こんないい女を妻にしていながら、他に女を作る贅沢で罰《ばち》当たりな男がいるのが信じられない。

「忘れて下さい……どうして私……」

女は取り返しのつかないことを言ってしまったというように、酷《ひど》く動揺している。

「こういう仕事をしていますから口は堅いです。今の話、聞かせていただけませんか。ビジネスは抜きにしましょう。実は、さっき、溜息が聞こえたんです。溜息をつかれたでしょう？　本当は、それで気になって声を掛けてみたんです。自分の胸の内だけに留めているより、話された方が少しは楽になるんじゃないでしょうか。そういう話は山ほど依頼がありますし、お力添えもしてきました。いえ、依頼などどうでもいいことで、ここでお会いしたのも何かの縁。少しでもすっきりしてお帰りになりませんか」

ビジネス抜きと言ったものの、仕事がなくて退屈していたときだけに、勇矢は何とか依頼を取りつけたいと思った。だからこそ、かえってビジネスを匂わせない方がいい。後はどう信用を得るかだ。

やがて、女の名は長塚文奈《ながつかふみな》とわかった。

「おう、もう帰ってきたのか。さては、パチンコは惨敗《ざんぱい》か」

事務所に戻ってドアを開けると、勇矢の顔を見るなり、主水が唇をゆるめた。

続けて何か言おうとしているのがわかるだけに、勇矢はコホッと、わざとらしい咳《せき》をした。

勇矢の後から入ってきた和服美人に、主水が目を丸くした。

「依頼は別として、話だけでもしてみたいという方をお連れしました。大田黒公園で知り合ったばかりですが」

手ぶらで帰ってくるような無能な男じゃないぞと、勇矢は誇らしげな顔をした。

「これはようこそ。さ、こちらにどうぞ。加勢屋代表の加勢主水です」

席を勧めながら、主水が名刺を差し出した。

「お話は、心ゆくまでお聞きします。みんな出払っていますし、他の者に聞かれる心配はありません。武居君はここでも最高に仕事ができる男で、難しい仕事であればあるほど燃える奴です。大仕事をひとつ片づけたところで、ゆっくりしてもらっていました。大田黒公園は癒《いや》しの場にはもってこいですから。緑の中でいい空気を吸ってきたところで、エネルギーも充満しているはずです。彼なら、どんなことでも上手く解決できますよ」

気色悪いほど勇矢を誉めたたえる主水に、パチンコは惨敗かと言った後で、よくこれだけのことが言えたものだと呆れた。

「いらっしゃいませ」

紫音が顔を出した。

「信頼できる私の秘書です。ご懸念なく。今、ここにはこの三人だけです。飲み物はコーヒーでよろしいですか？」

文奈が遠慮《えんりょ》がちに頷いた。

「弁護士に相談となると、三十分でも金を取られますが、加勢屋は、たとえ一時間でも二時間でも、話だけなら無料です。依頼するかどうかは最後にお決めいただければけっこうです。やや値段が高くなるのは、簡単な依頼は受けないからで、複雑なほどけっこうですが……いえ、ご依頼される方が複雑な事柄であるほどお困りなのは理解しておりますが……」

どうでもいいことを、主水はいつになく長々と喋っている。

そのうち、文奈を見た瞬間の主水の目を思い出し、一目惚《ぼ》れしたのではないかと勘繰った。そして、依頼人と懇《ねんご》ろな仲になろうと思っているのではないかとまで邪推《じゃすい》した。

そろそろ六十八歳になろうとしている主水だが、まだ現役で、勇矢が懇意《こんい》にしていたホステスの茉莉奈も簡単に寝盗られたほどだ。油断できない。

「ご主人が女をつくっているようで、その女と別れさせてほしいということのようです。ですから、浮気する男が許せないわけです」

勇矢は主水が文奈に手を出す前にと、ぴしゃりと言った。けれど、その後で、主水は妻を亡くしているので、いくら女と楽しもうと浮気にはならないのに気づいた。

「最初は出張と信じていました……でも、徐々に博多《はかた》に行く日が多くなって、女の勘と言いますか……」

文奈がまた溜息をついた。

いい女となると溜息さえ色っぽく、オスを誘惑する。

「今のところ、勘だけですか……？」

主水が拍子《ひょうし》抜けしている。

「中洲《なかす》のクラブのホステスの名刺が何枚か出てきたそうです。それも同じ店の。そこの誰かとできていると考えられませんか？」

大田黒公園でおおまかなことは聞いてきた勇矢が、文奈の代わりに話した。

「店に行けば、一日で十枚貰ったっておかしくないですし、ほかに浮気をしているという根拠は？　勘だけではどうしたものかと……」

主水は慎重《しんちょう》だ。

文奈が夫の浮気を疑っているのだから、調査して、結果的に、何もありませんでしたでもいいじゃないかと、勇矢は思った。仕事をしたくてウズウズしている。動きたくてならない。

「根拠はあります……でも、言えません」

文奈は、勇矢達から目をそらすようにしてうつむいた。

「根拠があるなら言っていただかないと。秘密は守ります。ご主人の浮気が事実で、相手と別れさせたいというのでしたら、うまく別れさせますし、あなたが依頼したことなど微《み》塵《じん》も悟られないようにします」

「でも……ああ、だめ……言えません」

文奈の恥じらいが大きいほど、よけいに訊きたくなる。どうして恥じらっているのかわからないが、だからこそ気になる。

主水も興味津々《しんしん》の顔をしている。

「こういう仕事をしておりますと、夫婦間のこと、夫婦の営《いとな》みなどの相談もありまして、もしもですが、そういうことで何か話し辛いことがおありでしたら、彼には遠慮してもらいますから、私だけに聞かせて下さい」

そう来たかと、勇矢は主水を引っぱたきたくなった。文奈を連れてきたのは勇矢だ。それはないだろうと言いたかった。

「ありがとうございます……でも、まず武居さんに話を聞いていただきましたし……社長さんだけにお話しするのも……」

ちらりと勇矢に視線をやった文奈が、また困った顔をした。

「じゃあ、僕だけがお聞きしましょう。その方がいいですよね？」

今度は勇矢が優位に立った。

「だめ……お話しできません……」

文奈の頬が赤らんだ。

「まあ、いきなりじゃ、話しにくいこともあるでしょう。ボツボツでいいです。今日でなくてもいいんですよ」

主水が、勇矢にだけわかるように眼を細めた。ざまァ見ろと言っているようで、雇い主とはいえ、いやな奴だ。

「夫にはつき合っている人がいます……それは確かです……店のママかもしれません」

文奈の口から、少し具体的なことが出てきた。

「ママですか……ママとつき合うには相当の金がかかります。まあ、ママといってもピンキリですが、ホステスを何人も雇っているようなクラブのママなら、たいそう金がかかりますよ。毎月、何十万も使っているようですか？」

金があり、女遊びにも長《た》けている主水なら、どんな女にいくらかかるか見当がつくだろう。

「さあ……いくら使っているか存じません……」

「あなたがご主人の財布の紐《ひも》を握っていないのはわかりました。でも、だいたいわかるでしょう？」

「いえ、ぜんぜん……」

文奈が困った顔をした。

「ともかく、徹底的に調べてみますか？　それで女がいるということになれば、上手く別れさせます。数日で調査して解決するのは無理ですから、基本料金として月に三十万円戴いていいます。交通費、その他、諸々《もろもろ》の費用がかかりますから。これは不成功に終わっても戴くことになりますが、うちでは失敗はないと言っていいでしょう。十日で決着しても、この基本料金は三十万円です。そして、成功報酬《ほうしゅう》は、これとは別に戴くことになります」

まだ文奈が依頼するとも言っていないのに、主水はさっそく金の話に入った。

「今すぐに決めなくてもいいんですよ。よく考えてからで」

勇矢は横から口を出した。

仕事が欲しいと思っていたが、主水に対して、いつも天《あま》の邪鬼《じゃく》になってしまう。

「お高いんでしょうね……二千万も三千万もかかるんでしょうか……」

「はァ……?」

桁《けた》違いの金額を口にした文奈に、勇矢はあんぐりと口を開けた。

「銀行からお金を出して夫に不審に思われると困りますし、そんなお金は都合《つごう》がつきません……箪笥《たんす》預金は泥棒にでも入られたら危ないからと言われまして、最近、ほとんど銀行に預けてしまいまして、手元には四、五百万の現金しか残していないものですから……」

「クラブのママが相手となると、調査にもちょっと金がかかるかもしれません」
四、五百万でも多すぎると言おうとした勇矢だが、その前に主水がとんでもないことを言った。
「やっぱり二千万も三千万もかかりますか……もっとですか?」

文奈の顔が曇った。

「いえ、そんなにはかかりません。クラブにも客を装って潜入しないといけなくなるでしょうから、呑み代などがいくらかかるかです」

「後五百万くらいでしたら、宝石をいくつか処分すれば大丈夫と思います。私、和服が多いですし、宝石はあまり必要ないんです。それなのに、宝石商をしていた亡くなった伯母や、母から、生前、ずいぶんとプレゼントされて、どうしようかと困っていました。伯母と母からのもの、ひとつずつでも残しておけばいいですし」

「いくつか処分するだけで五百万ですか……」

勇矢は喉を鳴らした。

金のあるところにはあるものだ。勇矢の方が溜息をつきたくなった。

「クラブでの飲み食いは領収証を出してもらいますから、明朗会計です。その他、成功報酬としていくらならお出しになれますか？　調査してみて、ご主人のお相手がいなかったら、経費の他に五十万円でけっこうです。三十万円は基本料金ですから、これは別に戴きますが。で、ご主人に相手がいるという場合ですが、きれいに別れさせますからご安心下さい」

「でも、また他の人とつき合うことになるのかもしれません……」

文奈が今までより大きな溜息をついてうつむいた。

「男はそんなものです……いえ……ご主人に愛人がいるかどうか、今はまだ想像の域を出ないわけですが」

「います！　絶対にいます」

主水の言葉に即座に反応した文奈が顔を上げ、今までとちがうきっぱりした口調で言った。

「思い込みだったらいいですね。しっかりと調べてみますから」

主水が穏やかに言った。

「思い込みじゃありません！　あのとき、夫はママと言ったんです！　それから私に触《ふ》れなくなりました」

そう言った直後に両手で口を塞《ふさ》いだ文奈は、瞬《まばた》きを忘れ、息をするのも忘れたように微動だにしなかった。

勇矢は文奈の動揺に呆気《あっけ》に取られ、言葉の意味を探ろうとした。

「つまり、ご主人はベッドであの最中に、思わずママと口走ったと、そういうことですね？」

主水の分析は早かった。

そうか、そういうことかと、勇矢はやっと理解した。

「ご主人がマザコンとか、母親のことをママと呼んでいたとか、そういうことはありませんか？」

文奈は硬直している姿のまま、かすかに首を振った。

「母親のことは、お袋とか、お母さんとか、そういう言い方をしていたわけですね？」

文奈が頷いた。

主水に負けるのは癪《しゃく》だが、依頼人の言わんとしていることを察するのは、さすがに早い。

「ベッドで思わず口にしてしまったのなら、女がいるのは、ほぼ間違いないでしょう。別れさせますか？」

「そんなことが本当に……本当におできになるんですか？」

口元から両手を離した文奈が、半信半疑という顔で尋ねた。

「できます！」

即座に、ふたりの声が重なった。


主水は上機嫌だ。

「見込んだだけあって、おまえは偉い。いい客を連れてきたな。成功報酬を五百万払うと言ってくれたんだ。なかなかそれだけ大金を払う客はいないからな。最近は、その十分の一が関の山ってとこだ。またいい給料になるじゃないか」

「半分は社長に持っていかれるんですから」

自分が連れてきた客なのにと、勇矢は少々不満だった。こんな上客はそうそういるはずがない。こっそり依頼を受けた方がよかったかもしれないとまで考えた。

「欲の皮が突っ張るといいことはないぞ」

考えていたことを見抜かれているようで、勇矢はぎょっとした。

「ともかく、まずは成功しないと必要経費ぐらいしかもらえないことになる。いや、赤字になるかもしれない。明日からふたりで博多出張だ」

「明日からですか！」

「中洲はいいぞ。男の天国だ。だけど、ちょくちょく行っていたのは三十年近く前のことだし、この不況で様変わりしてるかもしれないな。ともかく、楽しい仕事になりそうだ。だけど、野島さんには難しい仕事だと言っておけよ」

文奈の依頼にかこつけて、主水は娘の元を離れ、のびのびと女遊びをするつもりかもしれない。

「中洲の呑み代を実費として払ってもらえるからといって、好き勝手に飲み食いするのはどうかと思いますが」

文奈は裕福らしいが、調査を口実にいくらでも金を使うのは気分が悪い。文奈がいやな女なら、いくらでも使ってやれという気になるかもしれないが、控《ひか》え目で美人の大和撫子《やまとなでしこ》だ。最初の後ろ姿から魅せられただけに、文奈のために役に立ちたいという気持ちがあり、主水に向かって露骨にいやな顔を向けた。

「何を考えてるんだ。必要な飲み食いだけが必要経費だ。依頼とは関係ないような好き勝手な飲み食いは自腹だ。ホステスを口説いてホテルに連れ込むのも勝手だが、それも自腹だ。いい大人だから品行方正でいろとは言わないが、仕事と遊びの金勘定《かんじょう》は別だからな」

女好きで手の早い主水は、中洲で金を使ってしこたま遊びそうだ。だが、勇矢には程々の金しかない。不公平じゃないかと言いたかった。

「どのくらい博多に行くことになるかわからないが、一週間じゃ戻って来られないだろうし、今晩、美郷に行くぞ」

「出張の準備がありますから、どうぞ、おひとりで」

美郷のホステス、茉莉奈を勇矢から寝盗っていながら、よくその店に誘えるものだ。いやいやながら何度もつき合ってきたが、今夜は行く気がしない。茉莉奈がいながら、主水は中洲でも他の女と遊ぶに決まっている。茉莉奈に告げ口してやりたいほどだ。

「博多の仕事は、上手く息が合ってないと失敗するぞ。ベストのコンビを組むために呑みに行くんだ。つき合え」

勝手なことが言えるものだと、勇矢はますます依怙地《いこじ》になった。

「胃が悪いんで、酒はやめておきます」

快調すぎる胃で、今のところ暴飲暴食にも耐えられるが、美郷には行きたくない。

「何だ、胃が悪いのか。じゃあ、明日からの中洲行きは他の奴と組むことにしよう。明日は胃カメラでも飲んで、一週間ばかり家でおとなしくしておけ。いい医者を紹介してやろう」

主水の方が上手《うわて》だ。

「他の奴と組むってどういうことですか。僕が連れてきた客の依頼じゃないですか。他の奴に二百五十万もくれてやる気はないです。こんな美味《おい》しい仕事、いつもあるわけじゃないですし」

冗談でも腹が立つ。

「気持ちはわかるが、可愛《かわい》い社員の具合が悪いのに、無理して九州まで出張させて、中洲で呑ませたりするわけにはいかないからな。無理しなくていい。今から帰って寝ろ。躰が資本だ」

主水は意地が悪い。

「行きますよ。美郷に行けばいいんでしょ?」

勇矢はふて腐れていた。

「だから、そんな無理はするな。可愛い社員に無理はさせられない」

主水は腹にもないことを言っている。

「仕事のためなら無理はします。はい、いくらでも無理をします。美郷に行くのはベストのコンビ作りのためですね。はい、わかりました」

ベストどころか、最悪のコンビだ。

勇矢は自棄糞《やけくそ》な口調で返した。


この不景気で、美郷に客はいなかった。

「モン様ァ！」

「まあ、社長！　嬉しいわァ！」

美郷に顔を出し始めて一年も経っていないのに、金払いのいい主水は一番の上客になっていて、いつもモテモテだ。

「あら、ユーさんも」

後から顔を出した勇矢に、ママと茉莉奈のトーンが明らかに下がった。勇矢が何年も通っていた店だけに腹が立つ。

「モン様ァ、今日はカクテルを呑みたい気持ちだったの。呑んでいい？」

「社長に呑んでもらいたいと思って、上等のブランデーを頼んでおいたの。一緒に戴きたいわァ」

茉莉奈もママも狸《たぬき》だ。相変わらず、ふたりともいい女だ」

「おう、呑め呑め。

楽しそうな主水と、主水にばかりおべっかを並べ立てるママと茉莉奈が不愉快で、トイレに行く振りをして、今夜、相手をしてくれそうな女に連絡してみることにした。

一番先に脳裏に浮かんだのが、子豚のランだ。

ランの勤めている新宿歌舞伎町《かぶきちょう》のクラブ恋々《れんれん》に行くと、ホステス達にがぶ呑みされ、いくら絞り取られるかわからない。ここの狸ママの采配《さいはい》もたいしたものだ。よほど余裕がないと顔を出せない。

「おう、ランか。店は忙しいのか」

「嬉しい！　ずっと来てくれなかったじゃない。今から来てくれるの？」

弾《はず》んだ声がした。

「明日からしばらく九州に出張だ。それに、まだ社長とつき合いで吉祥寺の店だ」

「なんだ……」

落胆しているランのまん丸い顔が浮かんだ。

「しばらく九州と思うと、急にランに会いたくなってな」

「ほんと?」

「ああ、店が終わったら会えないか? 明日のことがあって、一、二時間しか時間はないけどな」

「マジウレ!」

「何だ、それは……?」

「マジに嬉しい! 今日は暇だから、十二時前には絶対に出られるから」

「よし、近くのホテルを取って待ってる。ママには言うなよ。馘になるとまずいからな」

「今度、同伴してくれるでしょ?」

「ああ、もちろんだ」

同伴などしたくないが、すると言わなければ、今夜の逢瀬《おうせ》は取りやめと言われそうな気がして、勇矢は心にもないことを調子よく返した。

よりによって子豚のランを誘うとは、俺としたことが……と思ったが、フェラチオ好きでテクニックもなかなかのものだ。たまにはマグロになって奉仕されるのもいい。

明日の夜は中洲の女と一戦交えることになるかもしれないしと、すでに出張先での色事を考えた。

トイレを出たが、いつもは出てくるおしぼりが出てこない。ママと茉莉奈は主水との話に夢中だ。

「実は寝不足で、明日の出張に差し支《つか》えるので、そろそろ僕は失礼させていただきます」

「おう、明日から頼むぞ。荷物は宅配便でホテルに送っておけ」

「またね〜」

「気をつけて」

主水も茉莉奈もママも、呆気ないほど簡単に勇矢に別れを告げた。

あら、もう？　もう少しいいじゃない……ぐらい、社交辞令でも言ったらどうだと、外に出た勇矢は舌打ちした。だが、勇矢のことなどとうに忘れたように、中から三人の愉快な笑い声が聞こえた。


ホテルにチェックインしてシャワーを浴び、浴衣《ゆかた》を羽織ってビールを呑んでいると、ランがやってきた。

まだ零時を五分しか過ぎていない。

ランは何カ月か会わない間に、また太った。

歩くより転がった方が速いのではないかと思いたくなる。よくこんな太った女をクラブのホステスに雇っているものだと思うが、見ているだけで癒《いや》されるという客もいるらしい。

「くふっ。会いたいって電話してくれるなんて、ラン、マジウレ」

ピンクのドレスはふたり分の生地を使っているはずだ。腰のくびれはまったくない。

「日本語はきちんと話せ。日本語の乱れは酷すぎる。何がマジウレだ。とっても嬉しいわ……とでも言ったらどうだ。そういうことだろう？」

「だって……」

ランがベソを掻きそうな顔をした。

「嬉しくて来たのに、すぐにお説教するなんて、ラン、泣いちゃうから」

女に泣かれると面倒でならない。

「ランがもっと可愛くなるようにと思って言ってるんじゃないか。異星人が使うような言葉で言われるより、女らしくしとやかに、嬉しいわと言われた方が、男はグッとくるんだぞ」

「ランはね、武居さんに会えて、とっても嬉しいわ。朝までうんと食べてあげる。くふっ」

単純に機嫌を直したランが、鼻から妙な息を洩《も》らすと、すぐに服を脱《ぬ》ぎ始めた。

裸体に近づくにつれ、ランのインナーは特注でなくても売っているのだろうか……などと考えた。

メロンより重いかもしれない乳房を支えるブラジャーは、いかにも重労働に耐えている感じで気の毒だ。腰を包んでいるショーツなど、特大なのにリボンがついているだけ、何とも表現のしようがない。

産み月間近の妊婦のショーツにも、リボンがついていたりするのだろうか。ランの体形は、今すぐにでも子供が生まれておかしくない感じだ。

「シャワー、浴びた方がいいかな……？」

ランは、勇矢を窺《うかが》うようなわざとらしい視線を向けた。

いつか、ホテルで恋々のママの夢路《ゆめじ》を待っているつもりが、すっかりしてやられ、やってきたのはランだった。

そのとき、狸のママでも子豚でもどっちでもいいと捨て鉢になって挑んだ。シャワーを浴びてくると言うランを、そのままベッドに押し倒したので、そのときのことでも思い出し、どうするか迷っているのだ。

「シャワーを浴びて汗を流した方がすっきりするぞ」

欲情していたため、今夜の相手は誰かいないかと考えてランに電話したというのに、前回よりいっそう太った姿を見ると、それだけで腹一杯になった気分になり、戦闘意欲が失《う》せた。

ランが浴室に消えると、美郷で呑んだブランデーと、この部屋で呑んだビールが効いてきたのか、急に眠くなった。

ダブルベッドに入って横になると、勇矢はすぐに目を閉じ、寝息を立てはじめた。


何か妙な感じだ。

下腹部が異空間に吸い込まれていくような気がする。気持ちがいいような無気味なような、ともかく奇異な感じだ……。

眠りの底に辿《たど》り着く直前に、また現実に引き戻された勇矢は、最初はぼんやりした意識の中で、夢か現《うつつ》かという感覚だった。だが、おぼろな感覚がリアルな体感となったとき、命が縮まるほど仰天した。

「うわァ！」

叫び声を上げ、一瞬にして半身を起こした。

太腿《ふともも》の間にダルマのような体形をした素っ裸のランが正座し、怪訝《けげん》な顔をしている。

「な、何だ……」

すぐには動悸《どうき》が収まらない。

「だってェ……シャワーを浴びて出てきたら、寝ちゃってるんだもん。こんなに疲れてるのにランと会いたいと言ってくれたんだと思ってチョウウレ……じゃない……とっても嬉しくて、起こさないようにしてあげようと思って、そっとしてたのに……眠ったままいかせてあげようと思ったのに」

ランが当惑している。

ようやく事態が呑み込めた。

ランはそっと勇矢の寝巻を開き、膝をくつろげ、躰を入れて口戯を施《ほどこ》していたのだ。ビア樽《だる》のようなランの躰を太腿の間に入れるには、相当、脚を開かないといけない。勇矢はその途中の段階に気づかなかった。ランは時間をかけて、慎重にやったのだろう。

「眠ったままいけるわけがないだろう」

ありがたいような迷惑なような、いじらしいような、しかし、このまま眠ってしまえたら、それはそれで心地よかっただろうと、特別嬉しい気もせず、勇矢は呆れた顔をした。

ランが今にも泣きそうな顔をした。

「ランの顔を見たら安心して、風呂から出てくるのを待っていたはずが、あっと言う間に眠ってしまったんだ。本当にランはいい女だ」

泣かれると困るので、勇矢は精いっぱい誉めた。

また単純にランが笑みを浮かべた。

「じゃあ、起きたんだから、もういけるでしょ？　うんとおしゃぶりしてあげるから、じっとしててね」

ランはフェラチオが好きで、最初のときも、最低三十分はナメナメしたい、と言った。一時間でも二時間でも喜んで口戯を施してくれるだろう。

俺は贅沢な男だ。そして、幸せな男だ……。

懸命に言い聞かせ、自己暗示を掛けた。

ランが上半身を倒して太腿のあわいに頭を入れ、萎《な》えている肉茎を咥《くわ》え込むと、すぐに生温かい舌が動き出した。

ランの口戯は文句なく絶妙だ。肉茎を握っている掌《てのひら》や指の微妙な強弱のつけ方から、唇、舌の動きと、唸《うな》りたくなる。好きこそものの上手なれとは、よく言ったものだ。

ゴムのような哀《あわ》れな物体は、みるみるうちに勇《いさ》ましい肉杭に変化した。

ランとの諍《いさか》いを避けるためにマグロを決め込んで好きにさせるつもりが、肉茎だけでなく、獣欲もふくれ上がり、突撃意識が芽生《めば》えてきた。

半身を起こした勇矢は、肉茎に吸いついているランの頭を押し退《の》け、肉づきのいい肩を力いっぱい押した。

「あっ！」

巨体が仰向けになった。

ランが起き上がらないうちにと、即座に押さえ込みの体勢に入った勇矢は、薄い翳りの載った肉マンジュウのワレメを指で探った。

ぬめっている。口戯をするだけで濡れたらしい。すぐに合体可能だ。

「だめ。もっとナメナメしてから。あう……」

剛棒を握った勇矢はべとべとの秘口に押し当て、グイと腰を沈めた。起き上がって挿入まで、ほんの一瞬の早業《はやわざ》だった。

二章　中洲《なかす》の女

新宿歌舞伎町、クラブ恋々のホステスのランと一戦交え、ホテルから出たのは午前四時近かった。

源氏名の前に小豚をつけ、小豚のランと呼ぶ方がぴったりするほど太っているランは、久々に会うと、さらに太っていた。

ホテルに呼び出したものの、姿を見ると性欲が萎《な》えてしまい、マグロを決め込んで好きにさせるつもりが、肉茎を咥《くわ》え込まれると、またたくまに肉茎は勢いを増し、同時に獣欲もふくれ上がって突撃意識が芽生《めば》えてしまった。

マグロどころか、浅ましい本能に負け、突進して押し倒し、果ては精を吸い取られただけでなく、魂まで抜き取られたように疲れ果ててしまった。

会社に遅刻しない程度に、ホテルでぎりぎりまで寝ていたかったが、新しい仕事を請け、社長の主水との博多出張が決まっているだけに、その準備もあり、どうしても自宅に戻らなければならなかった。

ほとんど寝ていない。

オスの意地汚なさから、しないと損とばかりに、結局、ランと大胆に交わってしまい、脳味噌が攪拌《かくはん》されてグシャグシャになっている感じだ。

帰宅して、朦朧《もうろう》としている中で一週間分ぐらいの必要品を箱に詰め、コンビニから宅配便で博多のホテルに送って会社に向かった。

新緑の美しい季節のはずが、木々の葉もどんよりと黄ばんで見え、太陽も黄色く見える。昨日の緑は清々《すがすが》しかったが、一夜にして自然は夏を通り越して秋になったようだ。

目を擦ってみたが、滴《したた》るような昨日の緑が消えている。掌《てのひら》を見ると、いつもより黄色い。自然界にも自分の躰《からだ》にも黄疸《おうだん》症状が出ているようで、ぎょっとした。

あまり考えるとよくない。気のせいだと言い聞かせて会社に向かった。

いつも余裕の出社だが、やっと九時三分前に着いた。

誰もいない。他の部屋を覗いてみたが、やはり人の気配はない。

物騒な世の中になっているのに、事務所を開けたまま留守にするとは防犯意識ゼロじゃないかと思ったが、睡眠を取るには打ってつけだ。

客が来たときに社員が眠っていては問題かと、他の部屋を全部覗き、一番居心地のよさそうな長椅子のある部屋を選んで横になった。

六畳ほどの洋間だ。デスクとソファと書類の棚があるだけで、誰の部屋と決まっているわけでもなく、仮眠するにはうってつけだ。

ソファに横になると、すぐさま眠りの底に沈んでいった。

「おい、いい加減に起きろ」

遠くで誰かの声がした。

今度は揺り動かされた。

勇矢は顔をしかめながら目を開けた。

せっかくいい気持ちで眠っていたのに、どうして起こすんだと言いたかったが、主水がいた。その後ろに紫音もいた。

「鍵も掛けないで事務所を空にするなんて、危ないじゃないですか」

まだ頭は完全に眠りから覚《さ》めていなかったが、開口一番、主水に向かって言った。

「危ないと思ったら、ちゃんと事務所の番でもしたらどう？　熟睡してたから、財布を盗まれても気づかないんでしょ？　いいえ、刺されても気づかないで、あの世で、ここはどこだと寝惚《ねぼ》けた顔をするんだわ」

紫音の毒舌に、主水がククッと笑った。

「触られる前に目が覚める。それに、横になってただけだ。今も、眠った振りをして様子を見ていただけだしな。触られるまで気づかないほど鈍感じゃないからな」

ちらっと腕時計に目をやると、どうやら二時間も眠り込んでいたらしい。不覚だが、その間、事務所に他の人間がいなかったのだと、負けじと紫音に返した。

「あら、鼻を抓《つま》んでもわからないほどの爆睡だったと思うけど。私は九時前からいたんだから」

「いや、いなかった」

勇矢は断定的に言った。

「九時三分前の到着だったじゃない。全部の部屋を確かめて、ここを寝室代わりにして休んだのはわかってるの」

当たっているだけに、勇矢は狐《きつね》に抓まれたような気がした。

「トイレに入ったとき物音がしたから、ケイタイで留守番モニターを見たら、あなたがあちこちの部屋を覗いてたわ。そして、最後にここに入って、すぐに寝てしまったんじゃない」

「留守番モニター……？　外出先からケイタイやパソコンを使って、部屋をチェックできるって、あれか」

「そうよ。物騒だから」

「カメラはどこだ……？」

まだ半信半疑だった。

「気づいてなかったのか？　後で確かめるんだな」

主水は呆《あき》れ顔だ。

「従業員に内緒にしておくなんて酷いじゃないですか」

抗議した。

「従業員もよく替わるのよ。私と社長が知っておけばいいことでしょ？　そうそう、財布が落っこちそうになってたから、金庫に入れといてあげたわ」

勇矢はズボンのポケットに手をやった。

ない。勇矢は慌てた。

「金庫って言ったでしょ？　出張前に財布をなくしたらどうするつもりだったの？　まあ、たいしたお金は入ってないでしょうけど」

「人の財布を勝手に抜き取って、中身まで見たのか？」

勇矢は声を荒らげた。

怒りより屈辱《くつじょく》だ。

クラブ恋々に顔を出さずに小豚のランをホテルに誘ったので、ホテル代の他に、ランにタクシー代とママへの口止め料を渡した。

ランはチェックアウトまで寝ていくと言って、ベッドの中から勇矢を見送った。始発電車がまだ動いていない時間だったので、勇矢はひとり、タクシーで帰宅した。

そんなこんなで財布は空に近い。せいぜい千円札が二枚か三枚だ。カード時代とはいえ、そんな財布を女に見られたとあっては沽券《こけん》に関わる。吉祥寺か荻窪のATMで現金を下ろすつもりが、今朝は時間がなかった。後で下ろせばいいと軽く考えていた。

気の強い女だが、紫音とはすでに一回、ベッドインしているし、ボディには魅力がある。また一戦交えたいと思っているだけに、よけいプライドが傷ついた。

「抜き取るですって？　聞き捨てならないことを言うわね。ペチャンコの財布の中をわざわざ見てみようなんて思わないわよ。利口なスリなら、絶対に狙わないような財布だったわ」

「なんだとォ！」

女でないなら、一発殴ってやりたいところだ。

「喧嘩《けんか》するほど仲がいいと言うが、おまえたちの遣《や》り取りを聞いてると、なかなか息が合ってるな」

「冗談じゃないです」

呑気《のんき》な主水に、勇矢は仏頂面《ぶっちょうづら》をした。

お前の娘とわかってるんだ。だから、こんなに根性が曲がってるんだと言いたかったが、やっとのことで抑えた。

「面白すぎる。そのままお笑いコンビでいける。台本なしで舞台に立っても掛け合い漫才ができそうだ。羽田《はねだ》まで一時間。もう少し時間があるから続けていいぞ。おまえの財布は金庫から出しておくからな」

楽しそうな顔で、主水が部屋から出て行った。

「今日から博多ですってね。それも、最低一週間とか。一カ月かかるかもしれないとも言われたわ。パパを見張っておいてと言いたいけど、ふたりで羽目《はめ》を外しそうね。昨日の奥様からの依頼は、中洲《なかす》のクラブのママと浮気しているらしい旦那さんを別れさせるってものだものね。クラブで飲み食いして、ホステスまで食べるつもりでしょ？」

紫音は断定的だ。

見抜かれている。だが、肯定《こうてい》するわけにはいかない。

「あのな、旅行じゃないんだ。仕事だ。成功しないと五百万は貰えないいんだ。旦那の交際相手らしいママとやらに会うには、まずは客を装って行かなくちゃならなくなるだろうし、飲み食いしないわけにはいかなくなる。だけど仕事だ。何を考えてるんだ」

勇矢はわざとムッとした口調で言った。

「昨日は、遅くまでふたりで作戦を練《ね》ってたなんて言ってたけど、どうせ、遊びまわってただけでしょ」

紫音が心の底を見透かすような目を向けた。

「短期間で効率よく解決したいと、ふたりで意見を出し合ってたんじゃないか。だから寝不足で、つい寝てしまったんだ」

「何の寝不足だか」

紫音はフンと鼻を鳴らした。

「間違いなく五百万円の成功報酬をもらう。それで文句はないだろう」

勇矢はぴしゃりと言った。男は仕事で勝負だ。

「で、成功したらホテルに行くか？」

言い争っても、やはり紫音のボディはご馳走《ちそう》だ。そろそろ二回目のベッドインがあってもいい頃じゃないかと思った。

「どうしていちいちホテルに行かなくちゃならないのよ」

「いちおう、ぴったり合ったじゃないか」

「何が？」

「サイズに決まってるだろ」

露骨に口にした後で、自分が馬鹿に思えた。

「サイズが合っても、息が合ってないわ」

軽くあしらわれ、言うんじゃなかったと、勇矢は内心、舌打ちした。

財布を返してもらうため、金庫のある部屋をノックした。

すぐに返事があった。

入ると、主水がニヤニヤしている。

「おまえ、昨日は、寝不足で明日の出張に差し支《つか》えるからと言って、さっさと美郷を出たんだったな。それが、会社に来るなり爆睡だ。あれからどこの女と乳繰り合ったんだ。油断も隙《すき》もない奴だ」

わかってるんだというような猥褻《わいせつ》な目を向けられ、それはこっちの言うことだと思った。

「社長は、ム……昔から」

勇矢はすんでのところで、娘に、と言いそうになり、慌てて、昔、と言い換えた。

父娘と気づいていない振りを続けなければならない。しんどくて馬鹿馬鹿しいが、紫音にも内緒にしておいてと言われ、芝居につき合ってやるしかない。

「秘書に嘘《うそ》ばかりついてるんでしょう？　遅くまでふたりで作戦を練ってたなんて言ったようじゃないですか。作戦を練った記憶はありません。社長こそ、茉莉奈と乳繰り合ってたんじゃないですか。大当たりでしょ？」

「さあてな」

「野島さんに本当のことを言ってもよかったんですが、話を合わせておきました」

恩に着せるつもりで言った。

「そうか、二時間も爆睡したんじゃ、話を合わせないとまずいよな。おまえ、私の言葉で助かったじゃないか。女と朝までホテルにしけ込んでたとは言えないだろうからな」

主水は調子がいい。だが、返せなくなった。

「そうだ、これを渡しておく」

差し出された名刺には、加勢不動産常務取締役武居勇矢となっている。

「はァ？　不動産も始めたんですか。で、僕はいきなり常務取締役ですか」

もういちど名刺を眺めた勇矢は、主水も相当買ってくれているのだと、小躍《こおど》りしたいほどだった。

「おまえ、それは冗談じゃなく、本気で言ってるのか？ 偵察に行くのに、そのまま便利屋と言えるか。呆れた奴だ。仕事が不安になってくる」

主水が溜息をついた。

一瞬だが、常務取締役の肩書きに舞い上がりそうになっただけに、心底、落胆した。

「クラブでも呑むことになるんだ。小さな不動産屋としておく。大きな不動産屋と言うと、目の玉が飛び出るほど呑み代を取られるかもしれないからな。私のはこれだ」

加勢不動産取締役社長になっている。住所も電話番号も加勢屋と同じだ。

「長塚夫人が言うには、次にご亭主が中洲出張になるのは金曜だ。それまで内偵を進めないとな。ざっと目を通しておけ。出発まで、まだ時間がある。そうでなけりゃ、二時間も黙って寝かせたりしないがな。で、朝まで寝ないでどこの女とやったんだ。素人《しろうと》じゃないだろう？ 今度その店に連れて行ってくれ。勘定を持つからいいだろう？」

書類を勇矢の前に差し出しながら、主水がニヤリとした。

古希に近づいているくせに、女に対する主水の興味は衰えるどころか、ますます盛んになってくる。それに、興味だけでなく、まだ現役で実践しているのが憎い。

吉祥寺のバー美郷のホステス、二十代前半の茉莉奈を寝盗られてから、油断も隙もないと思い、他の店はうかつに紹介できないと思っていたが、小豚のランを渡したらどんな顔をするだろうと、ふっと興味が湧いた。

「昨日は新宿のクラブの女です」

勇矢は勿体《もったい》ぶって言った。

「他言無用に願いますが、ママとも一回したことがあります。でも、ホステスの方が人情味があっていいです。昨日はホステスとです」

「おまえも顔に似合わず、ようやるなあ。家庭を持っても、女房だけじゃ満足しないタイプだな」

主水がまたも呆れた顔をした。

「それは社長じゃないんですか？　僕は家庭を持ったらまじめにやるタイプと思います」

加勢屋は紫音の婿《むこ》捜しのために設立された道楽の会社なので、たとえ紫音と結婚するつもりがなくても、よき夫になると言っておかなければまずいだろうと、勇矢は心にもないことを言った。

結婚して女房以外の女と遊べなくなれば、人生闇だ。家庭はそれなりに大事にし、外でも適当に遊ぶつもりの勇矢だが、どんな相手が妻になるのか想像もつかない。

「おまえの昨夜の女は、相当いい女だったようだな。寝不足になるほどじゃな」

主水が淫猥な笑いを浮かべた。

小豚のランの丸々と太ったボディを思うと、騎乗位でやられたら、主水は射精する前に圧死するかもしれない。

「僕の今まで経験した女の中では、いちばんフェラが上手いですね。好きこそものの上手なれとはよく言ったものです。クンニをされるより、フェラをするのが好きな女で、一時間でも二時間でもやってくれますよ。可愛い女です」

徐々に、小豚のランを主水に押しつけてみたくなった。

「興味ないですよね？　社長は茉莉奈と熱々ですから。それに、されるよりいじりまわす方が好みのような気がしますし」

わざと素っ気なく言った。

「成功の暁《あかつき》には、その店で打ち上げだ。パァッといこう！」

主水がその気になっているのがわかり、勇矢は内心、ほくそ笑んだ。

「ほんのちょっと待っててもらえませんか？」

羽田空港のＡＴＭで、勇矢は現金を下ろそうとした。

「それだけあれば今夜の分はいいだろう。足りないなら、あっちで下ろせばいい」

「いくら呑み代を社長が出してくれるって言ったって、現金も少しはないと」

「入ってるじゃないか」

「子供の小遣い程度じゃ……」

「子供の小遣い以上のはずだ」

「ちょっとだけ待ってて下さい」

勇矢がATMに入ろうとすると、主水が背広の裾《すそ》を引っ張った。

「財布を見てからにしろ」

「見せましょうか？」

金持ちの主水には、財布に二、三千円しか入っていない貧乏人の現実が想像できないのかもしれないと、勇矢は内ポケットから財布を出して開いた。

「おおっ！」

ざっと見ても、一万円札が十枚ほど入っている。

「子供の小遣いにしちゃ、多すぎるだろう？」

紫音がこんな気の利いたことをするはずがない。主水だ。

他の社員にここまでのことはしないだろうと、主水が目をかけてくれていることに、勇矢は感激した。女のことは男同士の約束とばかりに、一切他言していない。社員というより、男として見込まれているのだとも思った。

「秘書に落ちそうな財布を持っていかれたことにも、私が金を入れたことにも気づかない。おまえは仕事はできるのに、妙に鈍いところがあるな」

主水が歩き出した。

「この恩は仕事で返します」

勇矢は主水の背中に頭を下げた。

「その金は給料から引くんだし、私が何か特別なことでもしたか？」

振り返った主水に、バカヤロウ！ と言いたかった。たとえ背中にでも頭を下げたのを後悔した。

チクショウと思っていると、主水は書店に入り、さっさと隅のコーナーに行って文庫を買った。

「おまえも読め。脳味噌もムスコも元気になるぞ」

渡されたのは、男に負けないとびきり猥褻な官能作家と言われている女流の書いた『柔肌まつり』という小説だ。主水は『誘惑屋』という同じ作家のものを持ってニヤニヤしている。

「こんなものを読むより、打ち合わせが大事じゃないですか？」

ポルノは好きだが、腹が立っているので、やや険しい顔で言った。

「こんなもの？　そうか、いらないのか」

「いります！」

取り戻されそうになり、勇矢は渡された本を、さっと躰の後ろに隠した。

国内で福岡空港ほど便利な空港はない。地下鉄に乗れば、空港から博多駅までわずか五分だ。

博多駅に近いホテルにチェックインしたのは夕方だった。

各部屋にいったん引っ込んだが、部屋のベッドはダブルだ。

主水が粋《いき》な計らいをしたようだ。これなら堂々と女を連れ込める。今夜は博多の女をゲットしなければと、わくわくした。

室内電話を取って主水に掛けた。

「ダブルはいいですね。俄然、やる気が出てきました。もちろん、仕事です」

慌てて「仕事」をつけ足した。

「腹が減ってきましたね。博多名物と言えば、明太子に豚骨ラーメンに、もつ鍋に……でも、魚も美味《うま》そうですね」

「博多と言えば屋台だ。天神《てんじん》あたりの屋台にでも行くか。その後、中洲だ」

「屋台ですか……」

仕事始めに豪華ディナーで景気づけかと期待していただけに、少々淋《さび》しい。

「博多に来たら屋台に決まってるだろう」

「決まってるとは思いませんけど……」

不満げに言った。

「飯抜きで仕事するか？　現代人は栄養の摂《と》りすぎだ。どうせ後で呑むんだ。一食ぐらい抜いた方がいいかもしれないな」

嫌味なオヤジだ。

「屋台がいやとは一言も言ってないじゃないですか。雨が降りそうで心配してるだけです」

「雨がどうした。博多の屋台は屋根もあるし、雨が降っても大丈夫だ。そうか、おまえは博多の屋台を知らないようだな。六時にロビー集合だ。飯を食ったら、適当にクラブに侵入することにしよう」


主水が電話を切った。

タクシーで天神に向かった。

建物は東京より色彩感覚に優れ、建築もしゃれている気がする。

窓外の景色を眺める勇矢は、白地に赤線の入ったバスがやけに多いのに気づいた。何台も連なり、渋滞気味だ。N社のバスが呆れるほど多いと聞いたことがあり、なるほどと納得できた。

天神は九州一の繁華街だけあって、大きなデパートやビルが建ち並んでいる。退社時間を過ぎ、オフィスビルから出てきた人で溢れているが、都内の住人とはどこかしら雰囲気がちがう。心なしかゆったりしている気がした。

天神ビルのあたりで降り、屋台に入った。暖簾《のれん》に大きく、ラーメン、ホルモン、てんぷら、もつ鍋、ぎょうざ、やきとりなどと書いてあるのでわかりやすい。幅広い料理を出すようでここに決めた。

すでに和服の女がひとり座っていた。屋台とは不似合いだ。グレイの濃淡のぼかしの着物に、白っぽい花が散らしてある。黒に近い濃い色の袋帯との組み合わせは粋で、素人離れしている。化粧も上手い。夜会巻きも似合い、妖しい色気が漂っている。気になる女だ。

リヤカー型の屋台の席はコの字型になっている。女はコの字の真ん中の正面に座っているので、勇矢と主水は、女とは別の長椅子になる左脇に座った。

「マスター、まずビールを。社長もビールですよね？」

「お客さん、ここは初めてのごたあが、マスターはこそばゆか。リキさんて呼んでやんしゃい。あたきの顔はマスターちゃ顔じゃなかもんね」

毬栗《いがぐり》頭の六十前後の男が、色黒の顔をゆるめた。

聞き慣れない方言に、勇矢はやっと博多に来たという気がした。

「リキさん、空豆をもらおうか。豚足も美味そうだ。焼き鳥もいこう。軟骨にネギにスナズリあたりからいくか」

「スナズリって何ですか」

勇矢は主水に質問した。

「こっちじゃ砂肝じゃなく、スナズリだ」

ビールが出され、乾杯した。

「もしかしてだけど……武居さん？」

気になる女から名前を呼ばれ、ビールを呑んでいた勇矢は噎《む》せそうになった。

まじまじと三十代半ばの女を見つめたが、まったく思い出せない。けれど、相手が名前を知っているなら、初対面でないのは確かだ。

「ええと……どこで会ったんだったかな……」

博多に知り合いはいない。

「銀座のクラブ風露《ふうろ》にいた紫《むらさき》。覚えてない？　もう十年も前になるかしら」

何度も接待で使った店だが、数年前に店仕舞いした。

「紫？　そうか、あそこは茜《あかね》に撫子《なでしこ》に千草《ちぐさ》に藍《あい》に緑《みどり》にと、みんな色の名前のホステスだったな」

女がいい加減なことを言っているのではないとわかったが、どうも思い出せない。

「覚えてなくても仕方ないわね。私のお客さんじゃなかったし、暇なときにつくぐらいだったから。出張？　これからうちの店にいらっしゃいよ……あら、勝手にお喋りしてごめんなさいね。初めまして。中洲のクラブ紅千鳥《べにちどり》の結香《ゆうか》です」

結香が初めて主水に視線を向けて挨拶《あいさつ》した。

「ええっ！」

この後に行く店が、まさにそのクラブだ。思わず勇矢の声が上擦った。

「わっ！」

ほとんど同時に主水に足を踏まれ、勇矢はまたも声を上げた。

「興奮すると声を上げるのは、きみの妙な癖のようだが、何度も奇声を発すると、つまみ出されるぞ。リキさんがひっくり返りそうになったじゃないか。妙な部下で申し訳ない」

主水は勇矢をたしなめた後、マスターに詫《わ》びた。

人の足を踏んだのもわからないのかと勇矢は文句を言いたかったが、次に主水は結香に顔を向けた。

「初めまして。加勢と申します。武居君がこの後、中洲の美人揃いのクラブに行きたいと言っていたんです。そしたら、偶然、東京でのかつての知り合いのホステスさんと会っただけでなく、今は中洲の現役ホステスさんとわかって、やけに興奮してしまったようです。こんな偶然は何かの縁。この後、あなたの店に行くことにしましょう」

「嬉しい！」

結香が胸の前で手を叩いた。

また主水に足を踏まれ、勇矢はようやくその意味がわかった。

主水に足を踏まれなければ、うっかり、今から行くところだった、と言ったかもしれない。

クラブ紅千鳥のママと文奈《ふみな》の夫、長塚氏の関係を偵察に来たのだ。ふたりが深い関係なら、きれいに別れさせるまでが仕事だ。

「今日の運勢は最高のはずなのに、同伴の相手から、急に行かれなくなったと連絡があって、変だと思ってたの。でも、やっぱりついてたわ。じゃあ、おふたりと同伴でいいかしら。今までリキさんに愚痴《ぐち》をこぼしてたところ」

「こっちの方が愚痴ばこぼしたかことがいっぱいあるとに。まあ、結香さんは、よかお客さんばゲットできて、めでたしめでたしたい。捨てる神あれば拾う神ありて、昔の人の言いよろうが。そうばってん、お客さん、結香さんはチーママばしよんしゃあけん、高かとば覚悟しときんしゃらなあ、やおいかんですばい」

リキさんが笑った。

「まあ、うちの店は暴利を貪《むさぼ》る恐いお店じゃないわ。ここは美味しいし、屋台に行ってみたいという地方からのお客さんがいらしたら、ときどき連れてくるのに、もう来るの、やめようかしら」

「ほんの冗談てわかっとろうもん」

拗《す》ねた顔をした結香に、リキさんが苦笑した。

「じゃあ、お店まで案内していただくことにして、ここは私がご馳走させていただこう。同伴なら、まだゆっくりでいいはずだし」

主水の言葉に、結香がくふっと笑った。

中洲の色とりどりのネオンが、夜を遠ざけるように那珂川《なかがわ》の水面を彩っている。

九州最大の歓楽街と思うと、勇矢の血が騒いだ。

クラブ紅千鳥は、中洲交番近くのビルの五階にあった。

「いらっしゃいませ」

ドアを開けると、近くのボックス席に座っていた女が立ち上がってやって来た。黒地に藤の花を描いた友禅に白い袋帯。訊《き》くまでもなくママの雰囲気だ。

高価な着物も整った顔も、やけに目立つ。四十代半ばから五十ぐらいだろうか。一緒に歩くだけで周囲の男達が羨望《せんぼう》のまなざしを向けそうだ。

簡単に落とせる女ではなさそうなだけに、文奈の夫とできていると思うと嫉妬《しっと》したくなる。しかし、やはり文奈の思いちがいではないかと考えた。そうなると、成功報酬の五百万円が消えてしまう。複雑なところだ。

「東京からいらしたお客様で、リキさんのところでお会いしたの。今日から数日、博多ですって。こちらの武居さんは銀座の店にいたときのお客様で、こちらは転職先の社長さんですって」

結香がリキさんと名前を出したからには、ママも屋台に行くことがあるのだろうか。出張や観光でやって来た客の中には、有名な博多の屋台に興味を持つ者がいるのかもしれない。そして、そんな客につき合うこともあるのかもしれない。

「東京から？　嬉しいわ。後でお席に着かせていただきますから、ゆっくりお話を聞かせて下さいね」

後はバーテンに案内されて席に着いた。

こぢんまりしている。シックな絨毯《じゅうたん》に深紅のソファ。クラブによくある色彩だ。大きな花瓶にピンクの薔薇《ばら》を中心に、たっぷりと花が活けてある。シャンデリアの輝きも豪華で、客を殿上人にしてくれる空間だ。

ボックスが七つか八つだろうか。客は二組入っている。ドレスのホステスが今のところ十人ほどいるようだ。

いったん消えた結香が、すぐにやって来た。

「ラッキーだわ。リキさんの屋台で武居さんと会うなんて。こんな偶然もあるのね」

「縁があるんだろうな。驚いた。今はここのチーママというし、凄いじゃないか」

「大きな声じゃ言えないけど色々あって、東京にいたくなかったの。都落ちって気がしてたけど、博多の水が合ったみたい。銀座で働いていたというのも、けっこう役に立ったのよ」

「風露はいい店だったのにな。風露で何かあったのか」

「積もる話があるなら、私は邪魔だったかもしれないな。他の席に移ろうか」

主水が言葉を挟んだ。

結香と知り合いというのが気にくわないのだろうか。勇矢は主水に、大人げないじゃないかと言いたかった。

「社長、そんな意地悪言わないで」

結香が機嫌をとるように、ウフンという感じで、主水の膝に手を置いた。

「ママと話したいんだ」

「ママは後で来ますから。まず、飲み物はどうしましょう」

「ブランデーでも入れてもらおうか」

「えっ？　キープして下さるの？」

喜びで結香の目が丸くなった。

「しばらくこっちで仕事だからな。それに、みんなに呑まれたら、すぐに空になるだろうし」

「嬉しい！」

「チーママがわざわざここまで連れてきてくれたんだ。お礼もあるし」

「本当にありがとうございます」

結香が屋台のときとはちがう、落ち着いたホステスの顔になって言った。

「私がママと話したいというのは、若い頃、中洲で呑んでいた時期があるんだ。だから、その頃のことを少しぐらい知ってるんじゃないかと思って。決してママよりチーママを軽く見てるってわけじゃないからな」

主水が釈明した。

「まあ、若い頃、中洲に？　変わってしまってるでしょうね。時々、年配のお客様が、変わってしまったっておっしゃって」

学生らしいヘルプの女がふたりやってきた。

「ヒロちゃんとシノちゃんです。よろしく」

「おう、博多美人だな。好きなものを呑むといい」

いつものように調子のいい主水に、最終的に勘定を払うのは文奈だから、少しは遠慮しろよと言いたかった。スナックやバーのように安くはない。

やがてママがやってきた。

「ママは美人だな。中洲一の美人ママじゃないのか？」

「ふふ、ママはミス着物だったんですよ。素敵でしょう？」

主水の言葉に結香が答えた。

「ほう、やっぱり」

「過去形です。ボトルも早々に入れていただき、ありがとうございます」

ママの総身は妖《あや》しい色気に包まれている。

「飲み逃げで危ない客だとハラハラしてるんだろう?」

「まあ、滅相もない。おひとりは結香さんが銀座に勤めていたときのお客様ということですし、心配なんかしてませんから。お名刺戴けますか?」

「名刺は二度目に渡すことにしてるんだ……どうだ、心配になってきただろう?」

主水が愉快そうにママを見つめた。

「もっとも、逃げたとしても、チーママが肩代わりするなら、ママに損はないか」

最初にそんな話をすることはないだろうと、勇矢は主水の言葉が気に入らなかった。今回の仕事のためにわざわざ作った名刺もある。

クラブで名刺を渡すのは常識だ。それに、常務取締役の肩書きがついているので、早く使いたくてウズウズしていた。

「長くこんなお商売をさせていただいていると、お顔を見て信用できる方かどうかぐらいわかりますから」

ママは笑顔を絶やさないが、何を考えているのかわからない。中洲でこれだけのクラブのママをやっているからには、一筋縄ではいかないはずだ。

「さすがにママ。図星だ。信用してもらっていい。昔からの私の呑み方で、初めての店では名刺は渡さず、現金払い。気に入ったら二度目に名刺を置いていくことにしている。気に入らない店には二度と行かないわけで、名刺を置いていく意味がない。後々誘いの電話が煩《うるさ》いだけで。おっと失礼……まあ、明日まで待ってくれ。また来る。ただ、一度決めたことは変えない主義で、例外は好きじゃない」

主水は偉そうなことを言った。だが、東京では初日から名刺をばらまいている。

「主義を貫くのは素敵だわ。明日も来て下さるのね。私の名刺はお渡ししておくわ」

主水と勇矢にママが名刺を差し出した。

店名と住所は印刷されているが、名前は墨で書かれ、なかなかの達筆だ。

「ほう、なかなかの書だ。さすがママさんはちがう。一枚ずつ手書きとは愛情がこもっているな」

それだけで一目置く客もけっこういるだろう。

「書は武居君もなかなかの腕で、そのうち書の個展を開くことになっているんだ」

「まあ、個展を？」

主水の言葉に、結香が意外だという顔をした。

「嘘と思うなら、そうだな……紅千鳥とでも書かせてみるといい。けっこう味のあるものになると思う」

「社長、個展だなんて」

いい加減なことを言うなと言いたかった。

「ああ、悪かった。まだ内緒だったたな。だけど、いいじゃないか。そのうち開くんだから」

主水はもっともらしい嘘をつくのが上手い。

「墨と筆は置いてありますけど、書いていただける？　色紙をお持ちします。書いていただけたら、フルーツをプレゼントさせていただくわ」

クラブのフルーツは高い。この店の感じでは五千円は下らないはずだなどと考えながら、勇矢は主水が余計なことを言うからだと癪《しゃく》に障った。

「何も用意しなくていいですよ。ママを落胆させるといけませんから」

フルーツのプレゼントは魅力だが、勇矢は主水に逆らいたかった。笑みを浮かべながら、ママにやんわりと断った。

「ママの頼みを聞いてやれないとは、男の風上にも置けない奴だ。ママに申し訳ないから、武居君、今日で会社は馘《くび》だ」

「はア……？」

「まあ、社長、意外と暴君なのね。こんな所で馘だなんて」

結香がくすりと笑った。

「本気だ。まあ、ここにいるうちは社員にしておくが、ここを出たら他人だ。仕事ができる男だったが、残念だ」

「わかりました。書けばいいんでしょ。社長はフルーツに目が眩《くら》んだんですね」

雇い主ということで勝手なことばかり言う主水に、勇矢は捨て台詞《ぜりふ》を吐いた。

「三枚ほど書いて、いちばん気に入ったのを渡すということでいいですか？　ここじゃ気が散るので、別の席で書かせて下さい。あっちの端がいいかな」

勇矢が席を移ると、ボーイが色紙と墨と筆を持ってきた。

紅千鳥とはいい名前だ。鳥の字は変形させて鳥そのものの形にしやすいので助かる。すでに、どう書くか、頭に浮かんでいた。

色紙に勢いよく書いた。三枚とも雰囲気を変えて書いた。どれもいい出来だ。

結香を呼んだ。三枚のうちの一枚を選んでもらい、ママに渡すつもりだったが、三枚ともいいと社交辞令ではないとわかる誉め方だ。

「知らなかったわ。凄い！　惚れちゃうわ」

結香は穴が開くほど色紙を見つめた。

「何だ、惚れてもないのに、いい獲物《えもの》だと思って連れてきただけだったのか」

誉められすぎるのも恥ずかしく、勇矢はわざと素っ気ない言い方をした。

「惚れ直した、でいいの？」

「それなら、今夜、部屋に来ないか？　こんな所で会ったんだ。縁があると思って。食事でもいいけど、あの社長と一緒じゃな」

単刀直入に誘った。

「銀座からの知り合いだもの……と言っても、武居さんには記憶がなかったみたいだけど、間違いない人だから……いいわよ」

最後の、いいわよ、を、結香は囁《ささや》くように言った。

クラブのチーママになっている結香が、これほど簡単に応じてくれるとは思っていなかっただけに、逆に驚いた。書のおかげかもしれない。それなら口惜しいが、主水に感謝するしかない。それでも、口に出して礼を言うつもりはなかった。

フルーツのプレゼントは、メロンやマンゴー、リンゴやオレンジ、キーウィーなどの美しい盛り合わせで、五千円どころか、一万円は取るだろうと思える豪華なものだった。勇矢と主水はメロンを一切れずつ食べたが、後はホステス達の腹に収まった。

「武居君の書は名前を入れたら、その大きさならウン万円だ。簡単には名前は入れないんだ。そのうちに気が向いたら入れてくれるかもしれない。ママ、フルーツを出しておいても損はしない。雅号《がごう》は勇水《ゆうすい》。まだ今年は忙しくて無理かもしれないが、来年か再来年の個展は間違いない。それも銀座の画廊でやることになっている」

雅号は勇矢の勇と主水の水をとって勇水にしろと言われたのは、加勢屋に就職してすぐの頃だ。すっかり忘れていた。それにしても、銀座で個展などと、主水はどこまでも調子がいい。

「お見それしました、勇水先生。私には、こんな芸術的な字は書けないわ。一気にこれだけお書きになるんだもの。銀座の個展の後で、こちらでもなさって。そしたら、必ず足を運ばせていただきます」

一目置いてくれたらしいママに悪い気はしないが、左右のホステスの膝に手を置いてご満悦の主水に、勇矢はまたも、文奈の金で呑んでるんだぞと言いたくなった。

クラブが終わるのは零時十五分前。

結香がドアをノックしたのは、零時を五分過ぎたばかりのときだった。

「早かったな……」

「タクシーにすぐに乗れたから」

約束はしたものの、来てくれるまでは不安だった。

新宿のクラブ恋々のママなど、店が終わった後の逢瀬《おうせ》を約束しておきながら、小豚のランを寄越したりする狸《たぬき》だ。油断できないだけに、今夜はどうなるかと、半《なか》ば賭をしているような気持ちもあった。

「社長さんは？」

「まだ深夜の中洲をほっつき歩いてるはずだ。元気なジイサンなんだ。朝までやってる怪しいサロンにでも潜《もぐ》り込むつもりかもしれない。おまえは先に帰れと言われた」

「まあ、社長のことをジイサンだなんて。気を利かせてくれたんじゃない？　相当遊んでると見たわ」

「ああ、遊び慣れてて、油断も隙もない」

自分のセックスフレンドを寝盗られてしまったと口にしようとして、勇矢は危ういところで言葉を呑んだ。

「シャワーを浴びていい？」

「ああ、俺は先に入った」

「じゃあ、着物を畳んでおいて」

「えっ？」

「冗談よ。でも、女性に着物を着せられたり、畳めたりする男の人がいたらいいなあと思うことがあるわ。ハンガーをちょうだい」

遠慮のない結香だが、それが清々《すがすが》しい。恥じらう女もいいし、結香のようなさっぱりした気性の女も気楽でいい。

「呉服屋の旦那と結婚すればいい。愛人でもいいか。結婚は大変だから」

「そうね、呉服屋の旦那さんだったら間違いないわ」

笑った結香はさっそく帯を解きはじめた。

帯がカーペットに落ちないように、結香はベッドの上に解いた帯を載せていった。それを、ハンガーに畳んで掛けた。

「これ、お願い」

勇矢にそれを渡した結香は、ためらうことなく着物を脱《ぬ》いでいった。

勇矢がクロゼットに帯を掛けて振り向くと、すでに結香は脱いだ着物をベッドの上で畳みはじめていた。

「着物を脱いだとき、ホテルは困るのよね。ハンガーがあってもクロゼットじゃ、丈が足りなくて掛けられないわ。旅館なら衣紋掛けがなくても、鴨居に掛けられるからいいんだけど。風を通さないですぐに畳むのはよくないけど、掛けるところがないんじゃね。ちょっと抽斗《ひきだし》を借りるわ」

作り付けのデスクの下の抽斗を開け、結香はそこに畳んだ着物を入れた。

それから、長襦袢《ながじゅばん》を脱ぎはじめた。白に近い淡い水色の長襦袢には、流水模様が浮かんでいる。

むらむらしてきた。

和服の女とホテルに入ったとき、着物の下の長襦袢を見ると、いつも心の中で咆哮《ほうこう》し、押し倒したくなる。白っぽい長襦袢にも、紅いものにもそそられる。

「そのままがいい」

鼻息荒く言った。

「気持ちはわかるけど、夜が明ける前には帰るつもり。湿っぽくなった長襦袢を着て帰りたくないの。シャワーも浴びたいし、もうちょっと待って」

落ち着いている結香に、まるで親に諭《さと》されるガキのようだと、勇矢はいつになく気恥ずかしさを覚えた。

「さっさと襲わないと失礼に当たるかもしれないと思ったんだ」

欲情を抑え、何とか冗談めかした口調で返した。

「休んでて。すぐに出てくるから」

背中を向けて肌襦袢を脱ぎ、最後に湯文字を脱いだ結香の総身の肉付きはいい。かといって太っているのではなく、若い女には真似できない熟女の見本のような躰だ。臀部のふくらみが何とも言えない。

「さすがにショーツはつけてないんだな」

「月のもののときだけはつけないと困るけど」

「今夜はそうじゃないってことだ」

ここまで来て和服を脱いだからには、結香が月のもののはずがない。馬鹿なことを言ったと、またも後悔した。

「バスローブはいらないわね」

「もちろんだ」

くるりと躰を回転させた結香の下腹部の翳りは濃いめだ。一瞬にして頭が熱くなり、鼻血が出そうな気がした。

結香は前を隠さず、浴室に消えた。

勇矢はホテルの浴衣《ゆかた》を脱いでベッドに横になった。

過去に銀座で顔を合わせていながら、なぜ結香の記憶がないのだろう。結香の客ではなかったので、覚えていないのは当然かもしれないが、当時とは比べものにならないほど、垢《あか》抜けていい女に変身したということかもしれない。

「おう……」

夜会巻きを解いてロングヘアで出てきた結香に、勇矢は思わず感嘆の声を上げた。

長時間アップにしていた髪には、ほどよいウエーブがかかっている。髪型が変わると、まったく別人のようだ。和風の色気から現代的な色気に変わったというか、まったく雰囲気がちがう女に変身している。

「アップもいいけど、ロングもいいな……着物を着て帰るのに、髪を解いて大丈夫なのか……」

「アップにするのはすぐよ。大丈夫じゃなかったら解かないわ」

ふふと笑った結香は、腰だけタオルで隠した姿で出てきたが、ベッドの横でタオルを取り、勇矢の横に入ってきた。

「信じられないな……屋台で会ったとき、こんなことになるとは思わなかった。クラブのチーママがいきなりだ」

「いきなりじゃないわ。銀座の店に何度も来てくれたんだし、直接のお客さんじゃないけど、信用できるし、あなたの芸術的な字を見たら、本当に惚れちゃったのよ。自分にない才能を持った人を見ると尊敬するわ。あの色紙の字を見たら、それまでの武居さんより、百倍もいい男に見えるようになったわ」

「それまでは、今の百分の一の魅力しかなかったわけだ」

誉められると気恥ずかしく、勇矢は故意にそんなことを言い、横臥《おうが》して結香を抱き寄せ、唇を塞《ふさ》いだ。

すぐに互いの舌が入り込み、絡み合った。鼻から熱い息をこぼしながら、ふたりはしばらく唾液を奪い合った。

結香の手が、勇矢の下腹部に下りてきて、すでに漲《みなぎ》っている肉茎を握った。ヒクッと剛棒が頭を振った。

勇矢も結香の下腹部に手を伸ばし、漆黒の翳りをまさぐった。濃い茂みだが柔らかい。

昨夜、小豚のランと一戦交えたが、ランの翳りは限りなく薄い。それに比べ、結香の翳りは濃く、そこが濃い女は情が深いという言葉を思い出した。

翳りを載せた肉マンジュウは、しっとりと汗ばんでいる。そのワレメを二、三度行き来し、押し分けるようにして指を入れた。

その瞬間、今までより熱い息が結香の鼻からこぼれた。そして、剛棒を握っている結香の手が、ゆっくりと側面をしごきはじめた。

勇矢は肉マンジュウの内側を指で辿《たど》った。ねっとりとした女の器官は、触れれば溶けてしまいそうなほど繊細だ。

やさしく妖しい器官でありながら、オスの一物を咥え込むと、女壺はかなりの刺激に耐え、最終的にはオスの精を絞り取ってしまう。

結香の花びらは大きくも小さくもなく、平均的なようだ。指で花びらの尾根も触れていき、まだ見ていない女の器官に想像をふくらませた。肉のマメを包皮越しに遠巻きに触れ、また花びらに戻り、秘口の入口に近づいた。

肉茎をしごく結香の手が強くなり、ふたりの舌はいっそう激しく絡み合った。

口の中も唇も下腹部もジンジンしている。結香も蜜液を溢れさせ、子宮を疼《うず》かせているはずだ。

「まだ早すぎるか？」

顔を離して訊いた。

「もう待てないわ」

いっそう瞼《まぶた》のあたりを色っぽく染めた結香が、握っている剛直を、ギュッと握った。

昂《たか》まるだけ昂まっていた勇矢は、救われた気がした。まださほど時間は経《た》っておらず、前戯らしい前戯もしていないが、ディープキスだけでふたりとも十分に燃え上がっている。

勇矢は結香の太腿《ふともも》の狭間に躰を入れ、透明液の滲んでいる亀頭を、ぬめった秘口に押し当てた。そして、初めての女体を楽しむため、焦る気持ちを抑え、ゆっくりと腰を沈めていった。

「はああっ……いい……」

肉の匂いのする濃艶な結香の声にゾクリとした。

女壺が熱い。膣ヒダを押し広げていく心地よさに、亀頭だけでなく、後ろのすぼまりまでゾクゾクする。やわやわとしていながら、肉茎をじんわりと締めつけてくる。

「おお、名器だな」

秘壺の底まで辿り着いた。

「ぴったりね……いい気持ち」

腰を左右にくねらせるようにしながら、結香がより深く繋がろうとした。

「誰とでも寝る女と思ってる？」

「まさか。それじゃ、一流どころのチーママになんかなれやしない。俺の字に惚れて、今夜は正常な脳が思考停止になってるだけだろう？」

「頭が正常に動いていないって言いたいの？　じゃあ、そういうことにしておくわ。今夜は何だか無性に淫らな気持ちなのよ。前世でいやらしい関係だったのかも」

結香が唇をゆるめた。

「そうだ、それだ。前世がボンヤリと浮かんできた。相当いやらしいことをしてるぞ」

勇矢も話を合わせた。

じっとしていても、肉のヒダがじわりじわりと肉茎の側面を握りしめてくる。無数の触手に触れられているようだ。

腰を引いた勇矢は、またゆるゆると押し込んでいき、奥まで沈めると、腰をまわして肉のヒダの感触を楽しんだ。

「んふ……はあああっ」

結香の甘やかな声も肉茎を刺激した。

結香の右足を肩に乗せた。

「あう……」

深い結合になり、結香が眉間《みけん》に悩ましい皺を寄せた。ますます扇情的な表情になった。

勇矢も心地よさに熱い息を洩《も》らした。

勇矢は腰を揺すり上げ、より深く合体すると、肉のマメを包んでいる包皮を、指で丸くいじりはじめた。

「あう……はあああああっ」

女壺が微妙に収縮し、静止している剛棒を刺激した。

熟女の顔はますます魅惑的になってきた。

店で結香との逢瀬の約束をしてから、すっかり仕事のことを忘れていた。だが、なぜかふっと、文奈からの依頼が脳裏《のうり》に浮かんだ。

結香がチーママなら、貴重な情報が手に入れられるかもしれない。最初はそんなつもりで逢瀬を切り出したのではなく、いい女と一戦交えたかっただけだったが、今は一石二鳥だと、主水に誇りたかった。

勇矢がチーママの結香と早々に深い関係になったことを知った主水は、どんな顔をするだろう。

「あう……オユビでいきそう……気持ちいいわ……でも、ボウヤでいきたいの」

主水に一泡吹かせてやりたいと思ったとき、結香の掠《かす》れた声が届き、いっそう精力が満ちてきた。

「これでいきたいのか」

包皮から指を離し、エネルギーの漲っている肉茎を引くと、またグイッと押し込んだ。

「あう！」

濡れた結香の唇から、喜悦の声が押し出された。

仕事のことを考えたのは、ほんのひとときだった。すぐに依頼のことなど忘れ、愛欲の海に沈んでいった。

三章　昔の女

ふた晩続けての営みで、体力はだいぶ使ったが、昨夜の相手は中洲の高級クラブ紅千鳥の結香だっただけに、心地よい疲労感で目が覚《さ》めた。

気性のさっぱりした好感の持てる女で、チーママだけに垢《あか》抜けているし、熟した躰《からだ》も磨き抜かれた感じがして、ベッドでの三時間、勇矢はオスとして燃えて燃えて燃え尽きた気がする。

前夜の小豚のランとの情交は、マグロを決め込むつもりが、浅ましいオスの本能に負け、精を吸い取られただけでなく、魂まで抜き取られたように疲れ果ててしまった。

据え膳喰わぬは男の恥というより、しないと損という、浅ましい欲望が突撃命令を下し、果ては、脳味噌が攪拌《かくはん》されてグシャグシャになった気がして、別れた後、いつ倒れてもおかしくないほど朦朧《もうろう》としていた。

それに比べ、結香との営みの後の気怠《けだる》さは、色で言うならピンク色、朝の爽快感は透《す》き通った海のブルーだ。

『今夜は何だか無性に淫《みだ》らな気持ちなのよ』

結香が正直に口にしてくれたのは嬉しかった。

それならと、勇矢も大胆に迫り、四十八手どころか、その倍も体位を変化させて頑張った。

腰も抜き差しだけでなく、ぐぬりとまわしたり、揺すり上げたり、体位同様、微妙に動きを変えた。

疲れると、合体したまま乳房や背中や尻肉、花びらや肉のマメなどをいじりまわして、艶《なま》めかしい声を楽しんだ。

これも指使いに神経を使い、強弱を変化させながら、押したり、捏《こ》ねたり、振動させたりと、サービス満点だった。

「いい……最高……気持ちいい……はああっ……凄い……そこ……それ、好き……んふっ……いいっ……どうにでもして」

結香の様々な喜悦の言葉や喘《あえ》ぎが、まだ耳元を行ったり来たりしている。

体温が上昇するほどに、汗とともに結香の肌から漂《ただよ》い出た甘ったるいメスの香り……。

思い出すだけでもクラクラしてくる。

結香がホテルを出たのは四時近かった。

三時頃まで濃厚な時間を過ごし、その後、結香は風呂に入って汗を流し、下ろした髪をアップにすると、化粧して着物を着、寸分の乱れもない姿で出ていった。

すっかり悩殺されてしまった。

博多に来た日に、中洲の高級クラブのチーママと関係を持つことができたのは幸運で、今も夢のようだ。

結香が銀座のクラブに勤めていたとき、勇矢は羽振りのいい会社に勤めていて、ときどき接待でその店を使っていた。それがなければ簡単にベッドインとはいかなかっただろうが、偶然に博多で会うとは、たまには神様も粋《いき》な計らいをしてくれるものだ。

出社する必要もないと、目覚ましも掛けずに休んだので、すでに十時近い。六時間ほど眠ったが、いつまでも横になっていたい気分だ。

シーツに結香の汗が染みついている。くんくんと匂いを嗅《か》ぐと、仄《ほの》かに甘ったるい香りが鼻孔をくすぐった。まるで肉茎を羽毛で撫でられたような感じで、またも勃起してしまいそうな気がした。

そのとき、室内電話が鳴った。

こんなときにと、舌打ちしたくなった。どうせ主水だ。

「いつまで寝てるんだ。腹が減った。飯を食いに行くぞ」

やはり主水だ。

「朝帰りだったんじゃないんですか？　それとも部屋に女でも呼びましたか。寝不足は躰に悪いですよ。歳も考えて、昼まで睡眠を取ったほうがいいんじゃないですか？」

もう少しゆっくりしていたい勇矢は、主水への思いやりを装って、朝食を延ばそうとした。

「おまえこそ、もっと寝ていたいんだろう？　誰かを連れ込んで、朝までやってたんじゃないのか？」

ウヒヒと笑っているような主水の口調に、勇矢はギョッとした。

「するなら外でしてきます」

結香とのことを知られたくないので、神経を逆撫《さかな》でされたという口調で言った。

「私と別れた後、タクシーでさっさと帰ったのはわかってる。ということは、外ではしていないはずだ。外でするなら中洲に山ほど店はあるからな」

もしかして、結香が部屋に入るのを目撃されたのかもしれないと思ったが、すぐに、そんなはずはないと思い直した。

「何を言いたいんですか」

「だから、朝まで女といたんじゃないかと言ってるんだ」

「デリヘル嬢を呼んだとでも言いたいんですか？　呼んじゃまずいですか？　ベッドはダブル。ひとり寝には広すぎますからね」

面倒になり、居直った。

「デリヘル嬢より紅千鳥のホステスがいいんじゃないか？」

やはり結香がここを出入りするのを見ていたのかもしれない。

「今夜も紅千鳥に行くんでしょう？　店のみんなの前で、いい加減なことは言わないで下さい。僕は何を言われてもいいですが、相手が迷惑しますから」

「ほう、相手か。相手とはチーママだな？」

「だから、それは社長が勝手に勘繰っているだけです」

故意に乱暴な音を立てて受話器を置こうかと思ったが、すんでのところで我慢《がまん》した。

「チーママとまだなら、今夜は落として、ママのことを色々と訊《き》くんだな。私は直接ママを落とす」

「はァ……？」

まだ一度しか行っていない高級クラブのママを落とせるはずがない。

「こっちに来た目的を忘れたんじゃないでしょうね。そんなことをしてる場合じゃないでしょう」

結香とはいつまでも楽しい時間を過ごしたいが、依頼人の文奈を思うと、一日でも早く白黒はっきりさせ、解決して帰らなくてはならない。

「おまえな……」

主水が電話の向こうで溜息《ためいき》をついたのがわかった。

「何しに来てるんだ？」

逆に主水に訊かれた。

「依頼者の夫がママとできているかどうかを確かめて、できていたらママから取り戻して依頼者の元に返す。そのくらい、わかってますよ」

今さら何を言っているんだと、ぞんざいに答えた。

「亭主がママとできていたら、どうやって取り戻すつもりだ」

訊かれて言葉に詰まった。まだそこまで考えていない。それに、中洲の一流クラブのママと文奈の夫ができているというのは、勘違いではないかと思うようにもなっている。

「何も考えていないのか？　五百万円の大仕事だってことを忘れるなよ。打ち合わせをするから、今からそっちに行くぞ」

「待って下さい。シャワーを浴びたらそちらに行きますから」

「女がいるのか」

「いないと言ってるでしょ！」

「じゃあ、いいじゃないか。シャワーは後にしろ」

「腹が減ったから飯を食いに行こうということじゃなかったんですか？　僕の部屋に来るより、モーニングでも食べながらの方が一石二鳥で」

「人に聞かれると困る。じゃあ、すぐに行くからな」

一方的に電話を切られ、勇矢は舌打ちした。

閉め切ったカーテンの隙間から入ってくる光だけの仄暗さがよかったのに、主水が来るならカーテンは開けるしかない。結香とのベッドインの余韻《よいん》もこれまでだ。

カーテンを開け、半分落ちかけている掛け布団を整えた。着替えるべきかと思ったが、寝間着のまま、まずは洗面所で顔だけざっと洗った。

ノックの音がした。

タオル片手に濡れた顔を拭《ふ》きながらドアスコープから廊下を覗くと、ポロシャツ姿の主水だ。早すぎる。

やむなくドアを開けた。

「おお、女の匂いだ」

主水はクンクンと周囲を嗅ぐ真似をすると、ニッと笑った。

「やっぱり引っ張り込んだな」

「勝手に想像して下さい。そういえば、社長はママを落とすんでしたね」

やれるものならやってみろと言いたかった。

「そうだ。悪いがコーヒーを淹《い》れてくれないか。サービスのインスタントコーヒー、女と飲んでしまったか？」

「女はいなかったと言ってるでしょう？　ふたつともあります。僕は着替えないといけませんから、その間に淹れておいて下さい。お湯を注ぐだけで、誰が淹れても味は変わりませんから」

冷蔵庫のミネラルウォーターとトマトジュースは結香と飲んだが、コーヒーは飲んでいない。

「私が淹れるのか」

「寝間着じゃ、仕事モードになりませんから、さっとシャワーを浴びて着替えます。僕の分も淹れておいて下さいね」

苛《いら》ついている分、こき使ってやれと、勇矢はさっさとスラックスとシャツを持って浴室に入った。

主水にコーヒーを淹れさせると思うと、思わず笑いが洩《も》れた。

結香が使った歯ブラシがごみ箱に入っている。またも、せっかくの甘い余韻を消しやがってと、主水が憎らしくなった。

浴室を出ると、主水が窓際のソファに腰を下ろしてコーヒーを飲んでいる。テーブルにはふたり分のカップが置いてあり、勇矢は内心ほくそ笑んだ。

「僕の分まですみません。本当は、淹れてもらえるとは思ってなかったんですけど」

ありがたいというより、してやったりという気持ちだったが、それを押し隠し、丁寧な口調で礼を言った。

「おまえ、ずいぶんと頑張ったようだな。ごみ箱はティッシュの山じゃないか。女の口紅のついたティッシュもあったぞ」

主水が猥褻《わいせつ》な笑みを浮かべた。

してやったりの気持ちが、一瞬にして吹き飛んだ。

数時間前まで、結香と乱れに乱れていた。驚くほど濡れる結香に、行為の途中で肉茎が滑り落ちそうになり、何度も蜜液を拭《ぬぐ》った。ホテルのティッシュが底を突くほど使ったのを思い出し、勇矢は屈辱と怒りでいっぱいになった。

「人が風呂に入っている間に、ごみ箱を漁るなんて、卑怯《ひきょう》じゃないですか！　無礼です！　市中引きまわしの上、打ち首獄門。それとも、自分で腹掻《か》っ切って死んでもらいましょうか！」

　あまりの怒りに勇矢の胸が喘《あえ》いだ。

「ほう、それだけ頭に血が上ったということは、やっぱり女とここでシタということだな」

「はいはい、とびっきりいい女を引っ張り込んで楽しみました。文句がありますか？　社長がごみ箱を漁るような人とは思いませんでした。今まで信頼していたのに、信頼のシの字もなくなりました」

　出会ったときから信頼などしていないが、悔しすぎて、思い切り批判した。

「おまえは単細胞で、すぐに尻尾を出す。一呼吸置いて、考えてから話せ。ティッシュが山ほど捨ててあっても、マスターベーションで使ったってこともあり得る。それなのに、女を引っ張り込んだと、自分の口で言ったんだからな」

　主水は満足そうだ。

「口紅のついたティッシュも見たって言ったじゃないですか。女の使ったティッシュまで触るなんて、おぞましいだけの行為です」

　殴りたいほど苛ついた。

「おまえの部屋のごみ箱を漁るはずがないだろう。そんなことをしても、何の得にもならないからな。おまえは本当に単細胞だ。人の言葉に引っかかって、結局、自分からべらべら喋ってしまうんだ。そうか、口紅を拭いたティッシュも捨ててあるのか」

ニヤニヤしている主水に、勇矢は口惜《くちお》しくてならなかった。当てずっぽうの言葉に引っかかった間抜けな自分にも腹が立った。

「まあ、おまえも頑張れ。私はママを誘う。おまえにはママは無理だからな」

カチンとくる言葉だが、社長と部下が客で来たら、ママが選ぶ相手は社長に決まっている。好き嫌いの問題ではなく、ママが部下とつき合えば、面白くない社長は店を使わなくなり、結果として部下も使えなくなり、商売上、問題が出てくる。自分の立場をわきまえず、社長を差し置いてママとつき合うような部下もいないだろうが、実に面白くない主水の言葉だ。

「ママのマンションはわかったし、男の出入りも確かめないといけないから忙しくなるぞ。張り込みには忍耐だ」

「えっ？　ママのマンション、どうしてわかったんです……？」

「おまえは呑気でいいな。博多まで何しに来たと思ってるんだ。店が終わるのを待っててつけたんじゃないか。客とのつき合いがあると面倒だと思ったが、まっすぐに帰ってくれたから助かった。タクシーを見失ったら困ると思ったが、東京に比べると尾行も楽だな。ちょっと金をはずんだら、運転手も張り切って追ってくれた」

主水が女を漁るためにひとりになったとばかり思っていた勇矢は、さすがに後ろめたかった。

「ママのマンションもわかったし、おまえはチーママと懇《ねんご》ろになって店の情報も得やすくなったし、スタートからまあまあだな」

「女は女でもチーママじゃないです」

なぜか結香との関係は隠しておきたかった。

「店にいたときに約束しただろう？　おまえの弛《ゆる》んだ顔でわかった。隠してたつもりだろうが、私にはお見通しだ。だから、店を出たら別れてやったんだ。そうじゃなかったら、ママを二手に分かれて尾行した。尾行はひとりよりふたりに限る」

結香とのことがわかっていたのなら、今まで根掘り葉掘り訊いたのは何だったんだと言いたかった。玩《もてあそ》ばれているのかもしれない。健康的に艶々と光っている主水の額を、思い切り引っぱたいてやりたくなった。

「おまえと話すのは実に楽しい。おまえのような利口かバカかわからないような息子がいたら、毎日、退屈しないですみそうだからな」

息子などまっぴらだと思ったが、紫音の婿《むこ》の第一候補に挙げられているのではないかと思うと、嬉しいような迷惑なような、複雑な心境だ。

紫音と結婚して、毎日、あのナイスボディを自由にできると思うと嬉しいが、勝ち気な女だけに、そう簡単に操縦できるとは思えない。おまけに主水を「お義父さん」と呼ばなければならなくなると思うと、冗談じゃないぞと思ってしまう。しかし、やはり紫音は抱きたい。一度だけのベッドインの味が忘れられない。複雑なところだ。

「さてと、本題に入るか」

主水が今までの弛んだ顔を引き締め、打ち合わせを始めた。

遅い朝食の後、ママのマンションという十階建ての建物が見える場所に連れて行かれた。

中洲や天神に近い赤坂《あかさか》の一等地だ。

最上階の右の角部屋と教えられた。

結香とベッドで戯《たわむ》れているとき、主水はまじめに仕事をしていたと確信でき、さすがに勇矢は気が引けた。

「チーママに、できる限り探りを入れますから」

結香には本気で惚《ほ》れているが、今回の仕事の依頼者の文奈に納得してもらえる仕事をして帰らなくてはと、勇矢は珍しく主水に素直な口調で言った。

「同伴もした方がいい」

「わかってますが金がかかります。あれだけの店のチーママを安っぽいところには連れて行けません。同伴なら夕飯を奢《おご》るのは当然ですから」

「だから、いいところに連れて行けばいいだろう」

おまえのような利口かバカかわからないような息子がいたら……と、さんざんなことを言われたが、金をくれと言っているのがわからないのかと、主水の鈍さに苛ついた。

「ですから、羽振りのいい不動産屋だと思わせるには、それなりのものがないとまずいんじゃないですか？」

「金のことか。カードでパッと払うといい。おまえの口座には百万の金もないのか？　まさか、夕食で百万も使うはずはないしな。預金が底を突いたら報告しろ。チーママを部屋に呼んだのなら、昨日渡した十万も使わないですんだはずだしな。それとも、タクシー代として渡したか」

主水の言葉で、結香にタクシー代を渡さなかったことに気づいて冷や汗が出た。

結香に見限られるだろうか。とんだドジをしてしまった。こんな失敗は滅多にないが、心地よい余韻で、脳が思考停止になっていたのかもしれない。

「同伴で使う金は要求していいんですよね」

「もちろんだ。依頼者に払ってもらう。おまえが使うほど、依頼者の負担が大きくなる。だが、必要経費なら仕方がないからな」

勇矢は我に返り、文奈の顔を浮かべた。かなり裕福そうだが、昨夜は紅千鳥でも相当派手に呑んだだけに、経費は少しでも抑えようという気持ちになった。

「じゃあ、打ち合わせどおり、私はこのあたりの不動産屋をまわってみるから、おまえは大手門《おおてもん》か大名《だいみょう》あたりをまわってくれ」

ママを騙《だま》すためには、少しは福岡の不動産事情を知っておかなければならない。最低限の知識を詰め込むために、主水は住居用、勇矢は店舗用の部屋探しということで、何軒かの不動産屋をまわってみることにしていた。それには便利屋の名刺を使って客を装うことになる。

ふたりは、いったん別れることになった。

二軒の不動産屋を巡ったものの、情報収集のために、借りもしない店舗のことを訊き、相手に無駄骨を折らせているだけだと思うと、早々にやる気がなくなった。

少し天神をウロウロし、早めにホテルに戻って汗を流した勇矢は、主水との待ち合わせの約束の時間まで、昼寝を決め込んだ。

二晩続けて遅くまでベッドで楽しんだので、睡眠を取っておかなければ躰がもたない。主水がゆっくり寝かせておいてくれたら、昼寝の必要はなかったのだ。今夜も結香と楽しむことになるかもしれないし、体力、気力を蓄えておく必要がある。

横になった勇矢は、すぐに深い眠りに落ちていった。

目覚めたのは、三時間も経ってからだった。

五時半になっている。

死んだように眠った気がした。やはり疲れていたのだ。

慌ただしかった二日間を思い出した。

主水との待ち合わせは六時。あまり時間がない。

まずシャワーを浴び、鏡を覗いた。休んでいたことは悟《さと》られないだろう。

ワイシャツにネクタイを締め、ロビーで主水と落ち合った。

「さっき帰ったばかりで、急いでシャワーを浴びてきました。社長も汗を流してこられたようですね」

主水も背広に着替えていた。

「さっき帰ったばかりとはよく言うな。三時には戻ってたじゃないか。寝てたのか。それとも、昼間っから女か。いい加減な奴だ。まあ、いい。飯を食ったら中洲だ」

どうして知っているのだろうと不思議だった。しかし、また当てずっぽうかもしれない。何度もその手に乗るかと、否定も肯定もしなかった。無視するのがいちばんだ。

「不動産、何軒まわったんだ。一軒だけで帰ってきたんじゃないだろうな」

「十軒ほどです。疲れました」

「嘘をつくな。朝まで女と楽しんだおまえが、まじめに夕方まで働くはずがないと思って、三時前にフロントに電話を入れてみたら、案の定、戻っていると言われた。十軒もまわれるはずがないだろう」

「ここのフロントは個人情報垂れ流しですか！」

腹が立ち、強い語調になった。

「おまえに電話したのに通じないから、フロントに電話したんだ。私の名前とルームナンバーを言って、一緒に仕事で滞在しているおまえが在室しているかどうかと尋ねたら、お帰りですと、簡単に教えてくれた」

ケイタイをマナーモードにしたまま眠ってしまい、主水からの電話に気づかなかったようだ。

「で、不動産屋は何軒まわったんだ」

「三軒です。でかい所をまわりましたから、それ以上、必要ないと思いました。同じ物件を扱ったりもしているわけですし、何軒まわっても同じです」

二軒だけではあんまりかと、一軒誤魔化して開き直った。

「要領がよくて女に手が早いのが、おまえの取り柄だな」

完全に皮肉だ。

「雇い主に似てますから」

勇矢はすました顔で言い返した。


不動産物件の情報交換をしながら夕食をすませ、すぐに紅千鳥かと思ったが、早すぎるので別のところにつき合えと言われ、中洲のど真ん中にある中洲交番に連れて行かれたときは、何ごとかと驚いた。

主水は紙に書いた住所を巡査に見せ、そのビルはどのあたりかと訊いた。

「そこの道ば、まっすぐ行きんしゃって、最初の角ば右に曲がんしゃたら、右手三つ目のビルになりますけん」

外に出てきた年配の巡査は、交番の南側を指差した。

「どこに行くんですか？」

「三十年近く前に通った店があれば行きたいが、中洲も変わってしまって、その店があった所はビルになってしまって跡形もなかった。ママがまだ中洲でやってるなら、店名が変わるはずはないから、電話帳に載っていた同じ名前の店に行ってみようと思ってる。秋月《あきづき》という名は一軒しか載ってなかった。当たりか外れか賭けるか？」

「僕には払えるようなお金はありません」

思い出の店探しにつき合わされるのかと、勇矢はうんざりした。

「千円ぐらいあるだろう。おまえが負けたら千円もらおう。おまえが勝ったら一万円やる。どうだ」

「賭けます！」

負けても千円、勝ったら一万円と思うと、つい欲が出た。

「当時ママはいくつだったんですか？」

「私より三つ年下だった」

「水商売の女達は、相当鯖《さば》を読みますから、もっと上かもしれませんね。でも、三つ年下が本当だとしても、今は六十五歳じゃないですか。やってませんね。若いときに金持ちのパトロンを見つけて悠々自適か、田舎《いなか》の方で流行らない店を細々と続けているか、どっちかですよ」

「今から行く店は、当時のママの店じゃないという方に賭けるんだな?」

「そうです」

「じゃあ、私は当時のママがやっている方に賭けよう。秋月楓《あきづきかえで》という名前だった。いい女だった」

主水が薄気味悪い笑みを浮かべた。

「女のこととなると、やけに記憶力がいいんですね。でも、そんなママの店に行くより、若い女がいっぱいいるところの方がいいんじゃないですか?」

六十五歳の厚化粧のママを想像すると、賭けに勝つより、ぴちぴちした女達のいる店に行きたかった。

主水は勇矢の問いに答えず、さっさと歩いていく。

ビルはすぐに見つかり、エレベーターに乗って四階のスナック秋月に直行した。

ドアの前で、主水が深呼吸した。

「勝っても負けても、呑み代は社長が払ってくれるんですよね?」

「そうだ。だけど、楓の店じゃなかったら、一杯だけ呑んで出るからな」

主水もあまり期待していないのかもしれない。

「いらっしゃいませ」

主水がドアを開けると同時に若々しい声がし、勇矢はせいぜい四十代までの女だと、一万円の臨時収入を脳裏《のうり》に浮かべてほくそ笑んだ。

「楓さんだろう？　三十年ほど前に通っていた加勢主水だ。覚えてるか」

「えっ！　まあ、信じられない！　でも、確かに面影《おもかげ》があるわ！　夢みたい！」

主水の後に店に入った勇矢は、せいぜい四十代後半から五十代前半にしか見えない垢抜けた美人に目を丸くした。

栗色のショートヘアが若々しい。厚化粧でもなく、肌にも張りがある。

「もう、お店、閉めようかしら！」

社交辞令ではない悦《よろこ》びを、ママは全身に表している。

「開けたばかりだろう」

「だって。ちょっと待って」

ママはカウンターから出ると、中から鍵を閉めた。

「おい、本当に閉める気か」

「一時間ぐらい平気。八時半になったら開けるわ。それまでプライベート」

肩を竦《すく》めてふふっと笑ったママは、カウンターの中に戻った。

こぎれいな店だ。無駄なものがない。ママがいれば、壁に飾る絵画も生花も無用かもしれない。

カウンター内の天井まである棚には、キープボトルがぎっしりと並んでいる。十人ばかり座れるカウンターは、いつもいっぱいかもしれない。

「一番高いボトルを出してくれ。二本でも三本でもいいぞ」

「まずは一本でいいわ。ところで、お連れ様は？　紹介して」

「ああ、忘れていた。いたんだったな。部下の武居《たけい》君だ」

忘れていたはないだろうと思ったが、ママが美人というだけでなく、年下の勇矢も好感を持ってしまいそうな可愛い雰囲気もあり、久々の再会に主水が昂揚《こうよう》しているのも理解できた。

「私は髪が薄くなったが、ママはあの頃とちっとも変わらないな」

「変わったわ。あのころは、まだ三十代じゃなかったかしら」

「今も三十代だ」

「まさか。ねェ」

楓ママはクフッと笑って勇矢を見つめた。

男達の永遠のマドンナ、女優の吉永百合子《よしながゆりこ》も楓ママと同じ歳だと思い出し、清く美しい女は歳を取らないのだと納得した。こんな女なら歳など関係なく性愛の対象になる。今も十分すぎるほどに色っぽい。

「若いです。社長の三歳下と聞いてましたが、絶対にそんな歳には見えません」

言った途端に、主水から足を踏まれ、勇矢は息を止めた。

「まあ、モンさん、私の歳まで覚えていてくれたの？　嬉しい。すっかり忘れられてるとばかり思ってたのに」

「忘れるはずがないだろう。だから、来たんじゃないか。あの頃の店があったところにビルが建っていたのを見たときは失望したが、このビルに入ってるのを見つけたんだ。宝の山を探し当てた以上に嬉しい」

「モンさん、私も凄く嬉しいわ。夢みたい」

ママが親しげにモンさんと呼ぶのを聞いて、吉祥寺の美郷ではモン様と呼ばれ、若いホステスとできているんだ。それも、俺の女を寝盗りやがったんだと、意地悪く言ってやりたくなった。

「モンさん、今日はずっといられるの？」

「この後、仕事で顔を出さないといけない店があるんだ」

「戻ってきて。それまで開けておくから。一時までってことにしてるけど、お客様次第で遅くまでやるときもあるの。二時まで待ってようかしら。三時まででもいいわ」

「仕事次第だな……来られなくなったら、一時までには電話しよう」

「絶対に来てくれないといや」

ママが可愛く拗《す》ねた。

「何とかしよう」

「嬉しい！」

三十年前の客という主水が、これほど歓迎されている現実に嫉妬《しっと》したくなる。しかし、主水、恐るべしだ。

楓ママは母親の歳だが、ベッドインしてもいいと思えるほど若々しいし、可愛くてならない。だが、ほとんど主水との思い出話に夢中で、勇矢は刺身のツマ以下だと恨めしかった。

何度かドアをノックする音がしたが、ママは完全に客を無視し、九時近くなってやっと鍵を開けた。

二十分もすると客がやってきた。

十時過ぎると、勇矢は紅千鳥が気になり始めた。中洲に来ているのは仕事だ。しかし、仕事のことより、肉欲を貪《むさぼ》り合った結香に早く会いたかった。

「社長、そろそろ……」

十時半を過ぎると、勇矢はついに我慢できなくなった。

「おう、そうだな。行くか」

やっと主水が腰を上げた。


クラブ紅千鳥のドアを開けるなり、近くにいたママが急ぎ足でやって来た。和服の衣擦れの音も色っぽい。

「社長に先生、約束どおり、いらして下さったのね！　来て下さらないかと思ったわ」

満面の笑みだ。

「勇水先生に書いていただいた色紙、さっそく飾らせていただきました。ほら」

ママに先生と言われただけでくすぐったかったが、ほっそりした指で差された先に、店に見合った立派な額に入れられた「紅千鳥」の色紙が飾られている。予想外だ。

絵画同様、立派な額に入れられると、裸のときより何倍もよく見える。まあまあの出来とは思っていたが、こうして見ると、飾られている場所が場所だけに、著名な書家の作品のようだ。

「さすがママだ。ちゃんと書に見合った額に入れてある。ますますこの店が気に入った。

こうなったら、博多にいる間、ふたりで通うしかないな」

主水は勇矢の肩をポンと叩いた。

昨夜は、黒地に白に近い淡い薄紫の藤の花を描いた友禅と白い帯だったママが、今夜は藤は藤でも、白地に紫の藤だ。帯はさらに濃い紫で、いっそうママの美貌《びぼう》が際立っている。

秋月のママもよかったが、紅千鳥のママは多くのホステスやボーイなどを雇っているだけに貫禄がある。甲乙つけ難しだが、今は結香がいちばんだ。

「チーママの指名はできるかな？　忙しいんだろうな」

不景気などどこ吹く風というように、店内は八割方、客で埋まっている。

「おふたりとも結香さんのお客様ですもの。ちょっとお待ち下さいね」

「武居君はチーママが好みのようだが、私はママが好みだ。ママを指名できるなら独《ひと》り占めするんだが、みんなのママじゃ、そういうわけにはいかないからな」

「まあ、ありがとうございます。私も後で参ります。ごゆっくり。本当に嬉しいわ」

ママが主水と勇矢に蠱惑《こわく》的な視線を向けた。

今まで秋月の楓ママと仲睦《なかむつ》まじかった主水が、今度は紅千鳥のママ一筋という顔をしている。紅千鳥で呑むのは仕事絡みなので主水がママに近づくのは仕方がないが、調子のいい男だ。

ボーイに案内されて席に着くと、すぐに結香がやって来た。

「嬉しいわ。本当だったのね。今日も来ていただけるなんて。今夜はお名刺を戴けるのね。武居さんも社長さんの手前、昨日は下さらなかったものね」

結香は勇矢との濃厚な時間など、おくびにも出さなかった。主水も知らない振りをしている。勇矢もふたりの関係を主水に知られてしまったことは、結香には隠しておこうと思った。

柄の少ない無地に近い薄いブルーの訪問着に白っぽい帯はおとなしく、結香がまたちがう雰囲気の女に見えて惚れ直した。着物の下から、甘い肉の香りが漂ってきそうだ。

主水が結香に名刺を渡した。その後、勇矢も嘘の名刺を差し出した。携帯の番号やメールアドレスは、すでに紙に書いて渡してあるが、ホテルで偽の名刺を渡す気にはならなかった。

「まあ、武居さん、常務取締役なの……？　ずいぶんとちがう仕事に転職したのに、凄いわね」

「私が武居君を気に入って、優遇する約束で引き抜いたんだ。仕事のできるいい男だ」

「書も素晴らしいし、頼もしいですね」

「ああ、うちの会社の看板、武居君が来てくれてから、彼の字で新しく作り直した。なかなか好評だ」

主水は次から次へと嘘を並べていく。勇矢は呆れていた。

すぐにママがやって来た。

「約束だったな」

ママに名刺を渡した主水に続き、勇矢も差し出した。

「まあ、不動産のお仕事でしたか」

「このご時世だ。不動産屋は信用できないと思ってるんだろう？　潰れるところも多いからな。だけど、出張先での飲み食いは現金払いにしてる。ママにもチーママにも迷惑はかけないから心配しなくていい」

「まあ、心配なんてしておりませんから。後で振り込んでいただければよろしいんですよ」

「この手の顔はあまり信用しない方がいいですよ」

勇矢の言葉に、ママも結香もクスリと笑った。

結香と話がしたかったが、なかなかふたりきりになれない。だが、トイレに立ったとき、結香がトイレの脇でおしぼりを手に待っていた。

「タクシー代を渡し忘れた。ドジだった。軽蔑《けいべつ》されてないか心配だった。ここじゃ人に見られるとまずいから、後で渡す」

「気にしないで。楽しかったわ」

「今夜も来てくれないか」

「大阪から私のお客様がいらしてて、店が終わったらおつき合いがあるの……ごめんなさい」

「デイトか。妬《や》けるな」

「そうじゃないわ。いつもふたりでいらっしゃるの。緊縛ショーが好きな人達。いつも引っ張って行かれるのよ」

「キンバク？　まさか、女を縛るとか」

「そう。会員制のお店で、夜中からがメインのショーなの」

「で、そいつとベッドインしたらくらくられるのか」

嫉妬の炎がメラメラと燃え上がった。

「そんな関係じゃないって言ってるでしょ。いつもふたりでいらっしゃるのよ。最初に連れて行かれたとき、私が物怖じせずに堂々と見たものだから、それが気に入ったって言われて、いつも指名して下さって、ショーを見にいくときは必ず声がかかるの。変な人達でしょう？　同じ高校出身の会社経営者ということで仲がいいの。いい人達よ」

結香の話を信用した。普通、客のことを、ここまで話したりはしないはずだ。

「また明日も店に来るかもしれないけど、俺から連絡していいかな」

「寝てるときに起こされたくないから、メールでお願いね。凄くよかったわ……まだ疼《うず》いてるの」

囁《ささや》くような最後の言葉に、勇矢はこのまま結香を連れて帰りたくなった。

席に戻ると、主水がママを口説いていた。

「ママは着物を着るために生まれてきたようだ。ママに着てもらえる着物は幸せだ。私は帯になりたい。いや、帯より腰巻きだ」

「まあ、面白いことをおっしゃるのね」

ママが軽く口元を隠すようにして、ホホホと笑った。

「何度通ったらママと食事できるかな。店が終わって寿司屋でも紹介してもらえたら、ご馳走《ちそう》したいんだが」

「まあ、嬉しいわ。でも、お店を出るのは零時過ぎになってしまいますから」

「わかってる。私達は遅くてもかまわないが、まだ二度目なのにママを誘うのも野暮《やぼ》だな。来週の楽しみにしておこう」

「来週も来ていただけるの？」

「少なくとも来週いっぱいは博多だ。もっと長くなるかもしれない。ここは居心地がいい。料金も妥当《だとう》だ。少し他の店を浮気するかもしれないが、メインはここになりそうだ。中洲は昔とすっかり変わってしまって、特に行きたいところもないからな」

「ぜひ、来週はお寿司をご馳走になりたいわ。もちろん、結香さんも連れて行って下さるわよね？」

ママはその気になっている素振りを見せながら、まだまだ実績のない客を警戒しているのか、ひとりではついてきそうにない。来週も足を運んでくれるなら、いい返事をしておかなければというところだろう。

「ママとチーママを連れて寿司屋に行けるとは豪勢でいい」

主水はまたも調子よく言った。

まだ学生のようなヘルプの女も三人ついて、賑やかなテーブルになった。だが、主水は閉店前に席を立った。

十一時近くに入店したのは、長居しないで閉店時間になるようにと、主水の計算があったのかもしれない。

結香とママとホステスふたりが、店の外まで見送りに来た。

ふたりの客と緊縛ショーに出かける結香が気になったが、相手がひとりではないのが、せめてもの救いだ。

零時過ぎに店から出てきたママを、主水と尾行した。

遅くまでやっているらしい近くのバーに入ったママは、一時間半ほどして、紅千鳥に来ていた客と出てきた。だが、別々にタクシーに乗って帰っていった。

豪華な着物を着ているママが、仕事帰りに男とラブホテルに行くような大胆で軽薄なことはしないと、最初から予想はついている。

常連客の誘いで、サービスの一環としてつき合っただけだろう。張り込みがばかばかしくなった。

「長塚氏がやってくるのは明日です。今夜の尾行は最初から無駄でしたね」

尾行や張り込みほど、退屈で疲れるものはない。

「あれだけの店だ。ママにパトロンがいないとおかしい。パトロンとは夜中に会うより昼間か土日だろうが、ママの行動パターンを調べておくのも大切だ。長塚夫人の家は裕福とはいえ、連れ合いがママのパトロンという気はしない。ただのカモだろう。ともかく、ママの相手を知りたい。チーママにも探りを入れろよ。そっちからの方が早いかもしれないな」


結香を仕事の道具に使うのは本意ではないが、この際、割り切らないと仕方がない。

「ただの客と一時間半も無駄な時間を過ごしたんだ。今夜、ママのマンションにパトロンは来ないな。今夜の仕事はこれでおしまいだ」

タクシーに乗ったママを見届けると、以後の尾行は打ち切りになった。主水は一時も早く楓ママのいる秋月に足を運びたいだけではないかと、勇矢は勘繰った。

「帰ってもいいぞ」

「いえ、おつき合いします」

主水と楓の話につき合うのはばかばかしいので先に帰ろうかとも思ったが、帰っても何もいいことはない。ふたりを邪魔してやれと、強引についていくことにした。


二時近い。秋月の看板は消えていた。

店仕舞いしたのかと思ったが、他の客を断るための口実にしているだけだった。

「遅いんだから」

カウンターに座っていた楓が立ち上がり、頬をふくらませた。その拗ね方は少女のようで、主水がいなければ口説くところだ。数時間前よりいっそう可愛くなっている。酔っているせいだ。

最初に会ったとき、母親のような歳だが、ベッドインしてもいいと思った。可愛い女はいくつになっても幼女のような一面を残していて、男心をくすぐる。楓は同い歳の女優、吉永百合子のように、永遠のマドンナだ。キープボトルがいっぱいなのも理解できる。そのマドンナが、なぜ主水のような男に、未だに好感を持っているのか理解できない。

「来てくれないかもしれないと思って、自棄《やけ》酒呑んでたんだから」

きれいに片付いたカウンターに、ストレートグラスが載っている。

「三時まででも待ってると言ってくれたじゃないか」

「早く会いたかったの。十二時にはみんな追い出して、ずっと待ってたんだから」

それから呑んでいたのか、ほろ酔いを越している。

「モンさんのお部屋に行っていい？　ひとりじゃ帰れないの。えーと、あなた、誰だったかしら……」

「武居です」

「そうそう、タケちゃん。一緒に帰りましょ。ママは久し振りに酔ってしまったの。いけないママでしょ？」

ママがふらりとした。

慌てて主水が抱き寄せた。

「参ったな」

「マイッタ、マイッタ。モンさんのお部屋～」

くふっと笑った酔っ払いの楓は、メスのフェロモンを全開放出している。

勇矢はムラムラした。主水が羨《うらや》ましくてならない。チクショウと思いながら、店を出て、楓と三人でホテルに帰還となった。

エレベーターを降り、主水達と別れようとすると、楓が勇矢のネクタイを引っ張った。

「モンさんのお部屋まで、ちゃんと送ってくれなくちゃだめ～」

ネクタイを離しそうにない楓に、主水の部屋まで同行するしかなかった。

主水の部屋は勇矢の部屋より広めだ。初めてそれを知り、社長とはいえ、出張で使う部屋は平等が原則だろうとムッとした。浴室を覗いてみると、洗面所や脱衣場もゆったりとしている。

「モンさん、シャワーを浴びたいの」

「酔ってるからやめといた方がいい。明日の朝にして、さっさと寝ろ」

「いや、シャワーを浴びてから～」

すぐに自分の部屋に戻るつもりだった勇矢は、猛烈にふたりのセックスを覗きたくなった。このまま主水がおとなしく休むはずがない。

「社長、ママは酔っていて危ないですから、一緒に入ってやればいいじゃないですか。さっぱりして寝た方がいいですよ」

「タケちゃんの言うとおり〜。モンさん、お風呂〜」

酔った楓は可愛くて、勇矢の下腹部がいっそう疼いた。楓と同い歳の清純派の吉永百合子も驚くほど若いが、楓はお茶目で、百合子より、さらに若く見える。

「社長、さっさと風呂に入って下さい。僕はこれで失礼します。朝はごゆっくり。社長、さっさとシャワーを使って寝かせた方がいいですよ」

勇矢はふたりを浴室のドアの向こうに押し込んだ。

「では、失礼します。お休みなさい」

ドアを閉めながらそう言うと、一か八かと、折れ戸になっているクロゼットに入り込んだ。通気性がいいように鎧戸になっているので外から中は見えないが、中に入ると部屋が丸見えだ。

脱衣場でふたりは服を脱いでシャワーを浴び、その後、脱いだ服をどうするかが大問題だ。外に出るとき持って出て、このクロゼットを左右に大きく開けられたら一巻の終わりだ。

ベッドに近い方に身を隠し、右の折れ戸を少し開けておけば、そちらに服を掛けるのではないかと故意に少し開け、見つかりませんようにと祈りながら、左端に躰を寄せた。

ふたりが出てくるまで、こんなことをしている自分を後悔したり、やはり覗いてみたいと思ったり、勇矢は余計なことを考えながら緊張していた。

「本当にいい女のままだな」

素っ裸の主水が素っ裸の楓と浴室から出て来たとき、勇矢の全身から滝のような汗が噴き出した。

「おばあちゃんになってない？」

「とんでもない。熟れどきのいい女だ。あの頃の躰もよかったが、今の方がもっといい。奇跡の若さだ。ナイスボディだ」

「嬉しい。モンさんもたくましくなったわァ」

「あの頃よりナメナメも上手くなったぞ。楓はナメナメもソウニュ〜も好きだったな。タマタマに白いものが生えてきたが、まだムスコも元気だ」

「タマタマちゃんに白髪があるのォ？　見せて〜」

何という会話だと、耳を塞《ふさ》ぎたくなった。それなのに、ますます興奮してきた。

主水の裸など見たくないが、楓の躰は、歳さえ聞いていなければ四十代だ。不老不死の薬を飲んでいるのではないかと思いたくなる。
Ｃカップと Ｂカップの中間ほどのバストのようで、ほとんど垂れてもおらず、腹部の肉づきもちょうどいい。熟女の中の熟女だ。若い女などより抱き心地もよく、使いこなした女壺も肉茎が蕩《とろ》けるほど気持ちよさそうだ。主水が羨ましくてならない。今すぐでも交替したい。

クロゼットには見向きもせず、ふたりはベッドに倒れ込んだ。

さっそく顔を合わせてディープキスだ。

「楓の匂いより酒の匂いの方が強いぞ」

いい加減にしろと言いたいほどキスをした後、主水が顔を離して言った。

「ずっとモンさんのブランデーを戴いてたから、いい匂いのはずよ。うちで一番上等のお酒だもの」

「俺のボトルを呑んでたのか」

「モンさんのボトルは私のボトル。ね？　明日、また入れてね。ぜ～んぶ呑んじゃった」

ママがくふふと笑った。

なぜこんなに可愛いのだと、勇矢は疼いている股間を押さえた。

「私のボトルを飲み干したのなら、代わりのものを呑ませてもらうぞ」

主水は乳房を掌で包んで乳首を舐めまわすと、次は一気に楓の下腹部へと頭を移し、ほどよい濃さの翳りを撫でまわした。

「こんなだったかな」

「もっと濃かったけど、ちょっと薄くなったみたい。モンさんったら、私が浮気しないようにって、全部剃《そ》ったことがあるでしょ？　覚えてる？」

「おお、そうだった。二十本ばかり持ち帰って、もてない知り合い達に一本千円で売ったんだった。財布に入れておけば女が寄ってくると言ってな。あのまじないは案外効いたみたいだ」

主水は昔から調子がよかったのだ。こんな男のどこがいいんだと、また楓に訊きたくなった。

「久し振りにお宝を見せてくれ」

楓は言われるまま、白い太腿《ふともも》を開いた。

パールピンクの粘膜が、室内の照明を反射してキラリと光ったようで、勇矢の口は唾液でいっぱいになった。飛び出して、顔がくっつくほど近くで見たい。

「おうおう、上等だ。みんなに舐められて磨《す》り減っていたら困ると思っていたが、オマメも花びらも無事だ」

「ナメナメされたら、減るんじゃなくてふくらむの」

「そう言われればそうだな。久々にご馳走になるか」

主水の頭が太腿の付け根に入り込んだ。

「あは……ああ……気持ちいい……」

ペチョペチョッと猥褻な舐め音がした。

「んふう……あはっ」

楓が足指を擦り合わせた。

チクショウと思うものの、それでも肉茎は痛いほど疼き、ひくついている。

セックスは隠れてするものだ。覗かれるのが趣味のアブノーマルな輩もいるが、普通は覗かれたくないと思うものだ。主水達もふたりきりと思っているから大胆にやっている。反対の立場にはなりたくないと思うだけに、隠れているのを発見されたらどんなことになるか、想像するだけで恐ろしい。

心臓はドクドクと音を立てている。それさえ主水達に聞こえはしないかと不安になる。不安だが、今さらどうしようもない。最悪のことを考えた上で、覗きの快感に負けたのだ。

しつこい主水の口戯に、そろそろいい加減にしろと言いたくなったが、いつしか楓の喘ぎが聞こえなくなった。

主水もおかしいと思ったのか、顔を上げた。

「楓……」

返事がない。

可愛い寝息が聞こえた。

呑みすぎて、楓は口戯の途中で眠ってしまったらしい。

はァ……と溜息をついた主水は、楓に寄り添い、額に唇をつけて仰向けになった。

まだ先の行為を見たかっただけに、勇矢も落胆した。だが、主水に対してはざまァみろという気がした。しかし、このまま眠ってしまわれると、主水の熟睡を確かめるまで部屋から出られなくなる。

どうしたものかと考えていたとき、主水が起き上がった。

勇矢はギョッとした。

主水がやってくる。不審を抱かれたのだろうか。息を止め、思わず目を閉じた。

主水はクロゼットの前を通り過ぎ、洗面所に入った。小水の音が聞こえた。

今しかない。勇矢はクロゼットを出て主水の部屋を抜け出した。

四章　逢瀬

主水とスナック秋月のママ、楓とのベッドインを覗いた興奮は、すぐには収まらなかった。

主水の部屋を脱出した勇矢は、ふたりに見つかっていたらどうなっていただろうと、自らの危険な行動に呆れたが、昂《たか》ぶっているときは正常な判断などできるものではない。ふたりの交わりを覗きたい一心だった。

加勢屋に入社して一年、セックスフレンドだったホステスの茉莉奈を簡単に寝盗られたこともあり、主水の女好きや手の早さは、十分にわかっていた。

それでも、今年六十八歳になる髪の薄い主水が、なぜもてるのか、未だに半信半疑で、ベッドでどんなテクニックを使うのか、どんな言葉を囁《ささや》くのかと、男として興味があった。まだ現役かどうかも、自分の目で確かめるまで信じられないと思っていた。

楓は、男達の永遠のマドンナ、女優の吉永百合子と同じ歳で、歳だけ聞くと性愛の対象とは程遠いと思っていた。だが、会うと吉永百合子より可愛いタイプで、勇矢も押し倒したくなった。

ベッドでの前戯が始まると、最初は足指を擦り合わせたり喘《あえ》ぎ声を洩《も》らしたりしていた楓だが、酔っ払っていたせいか、クンニリングスされながら眠ってしまい、それに気づいた主水はやむなく口戯を中止し、楽しみにしていた合体には至らなかった。

諦めた主水がトイレに立ったとき、勇矢はすかさずクロゼットを抜け出して部屋に戻った。だが、主水が楓の女の器官を舐《な》めまわしていた姿を思い出すと肉茎が漲《みなぎ》ってズキズキと痛み、久し振りに我が手で処理するしかなかった。

それから、ぐっすりと眠ってしまった。

朝になって目覚《めざ》めた勇矢は、熟睡した楓は酔いも醒《さ》め、今ごろ、すっきりとしているにちがいないと憶測した。そして、ふたりは合体しているにちがいないとも思った。主水が昨夜の半端な口戯だけで終わらせるはずがない。

猥褻《わいせつ》な顔をした主水と色っぽくて可愛い楓が、朝っぱらから交わっていると思うと、嫉《しっ》妬《と》と興奮で居ても立ってもいられなくなった。

室内電話を掛けて驚かせてやろうかと思ったが、楓が膣痙攣《けいれん》でも起こして主水の股間のものが外れなくなったりしたら大変だ。

救急車を呼ぶことになったら責任重大だ……などと、いつもは考えないことが脳裏《のうり》に浮かび、受話器に伸ばしかけた手を引っ込めた。

楓の喘ぎ声が耳元を行ったり来たりして、主水が腰を動かしている姿も浮かび、じっとしていることができない勇矢は、野犬のように室内をウロウロと歩きまわった。

腰の動きなら、あいつより俺の方が威力があるぞ……。

そろそろ疲れてきて、中折れする頃じゃないのか……。

楓は、俺の部屋に泊まればよかったと後悔しているんじゃないのか……。

あれこれと思い浮かべているうちに、また肉茎が勃《た》ち上がってきた。

今夜は紅千鳥《べにちどり》のチーママ、結香《ゆうか》と楽しみたいところだ。しかし、依頼人の文奈《ふみな》の夫が出張してくるはずで尾行もしなければならず、結香とのお楽しみはお預けになるかもしれない。

ジイサンが朝っぱらから女といちゃついてるなんておかしい……。

俺の方が社長より三十以上若いんだぞ……。

勇矢はコンチクショウと思いながら、楓を組伏している主水を後ろから剝《は》ぎ取って放り投げ、すぐさまパールピンクにぬめついた秘口に自分の屹立を押し込んで腰を動かす妄想を浮かべながら、堪《こら》え性のない剛直をしごき立てた。

いいわ、いいわ、もっと……。

盗み見た総身や、熟した喘ぎを思い出しながら果てた勇矢は、また眠りに落ちていった。


室内電話がけたたましく鳴った。

目を覚ました勇矢は、慌てて受話器を取った。

「まだ寝てるのか」

電話が鳴った時点で主水とわかったが、楓と合体していた姿が浮かんでくるだけに、舌打ちしたくなった。

「今日は依頼人の亭主がやってくる日です。徹夜になるかもしれないと、寝溜めしてたんです」

「おまえは寝すぎだ。十分後に下の割烹《かっぽう》に集合だ。今朝は優雅な和定食だ」

「無理です」

即座に返した。

顔も洗いたいし、髪も整えたいし、服も着替えなければならない。

「大地震でも起きたら、たった今、飛び出すだろう？　女のように化粧するわけでもなし、五分後に出たら間に合うんだ。五分もあれば十分だろう？　一分遅れるたびに基本給から千円ずつ引いていくからな」

権力の乱用だ。文句を言おうとしたが、さっさと切られてしまった。

受話器を置くなり、寝間着を脱《ぬ》ぐというより剝ぎ取ってベッドに放り、服を着て顔をサブザブと洗い、簡単に髪に櫛《くし》を入れた。そして、慌てて部屋を出た。

ホテルの割烹には、きちんと薄化粧した楓もいて驚いた。

「タケさん、おはよう。昨日はちょっと酔っ払ってしまってごめんなさいね」

酔いどれ楓は、昨夜はタケちゃん、タケちゃんと勇矢を呼んでいたが、今朝はタケさんになっている。

「モンさんがね、朝からふたりだけだと秋月の客に見られたときにまずいだろうけど、三人なら言い訳できるだろうって」

くふっと笑った楓は可愛くて許せるが、一分遅れるたびに基本給から千円引くと言った主水には、公私混同甚《はなは》だしいと、やけに腹が立った。

「睡眠時間が短かったでしょうに、ふたりとも元気ですね」

朝からナニをしてたんだろうという思いを込めて、皮肉を言った。

「シャワーを浴びてすぐに休んだし、十分だ。楓も、さっきまでよく寝てたな」

いけしゃあしゃあと嘘をついた主水に、昨夜、楓の太腿《ふともも》の間に頭を突っ込んで舐めまわしていたのをこの目で見ていたんだ、と言いたかった。

「酔ってると、熟睡して夢も見ないのよね」

楓も、何もなかった振りをするつもりのようだ。

「私は楓の夢を見たぞ」

「まあ、モンさん、嬉しい！」

「横で寝ている楓の夢を見ないはずがない」

勝手にいちゃついてくれと苛立《いらだ》ちながら、勇矢はフンと鼻を鳴らした。


紅千鳥も三日続けて通うことになり、ママは上客だと思っているだろう。

「まあ、一番乗りよ。社長は？」

すぐに結香がやってきた。

まだ八時前で客はいない。

「ここで待ち合わせなんだ」

「三日続けて来てくれるなんて嬉しいわ」

赤錆色《あかさびいろ》の訪問着の裾で、白い兎が跳ねている。兎は、まるで月明かりの中で遊んでいるようだ。

着物は結香を艶っぽくする。会うたびにいい女になっていくようで眩しい。

勇矢が招き猫になったのか、客が次々とやってきた。

今夜、今回の仕事の依頼人の文奈の夫、長塚氏は現れるだろうか。現れるとしても、いつやってくるのかわからない。そこで、まず勇矢が先に店に出向くことになった。

客の多いそこそこのクラブで、開店から閉店までねばるのは野暮《やぼ》というもの。ふたり一緒に早くから出向いては、ラストまでいられない。

おまえが先に行けと言われたときは、話がわかる社長だと嬉しかったが、よく考えてみれば、早い時間は楓の店で楽しもうという魂胆だろう。

結香とは少しでも長く話をしたいが、主水と楓が秋月でいちゃついていると思うと妬《や》ける。人の幸福は妬《ねた》ましいものだ。

「今日も客が多いな。ここは中洲一のクラブだな」

「ありがとう。でも、一番じゃないわ。五本の指に入るとは思うけど」

ヘルプが席を立って一対一になったからか、結香が近しい口調で言い、くすりと笑った。

「社長、遅いわね」

「仕事と言っていたけど怪しいもんだ」

「あら、博多で、もういい人でも見つけたみたい？」

「まさか。あの顔で、そうそう見つかるとは思えない」

楓のことなど話せない。勇矢は素っ気なく言った。

「社長がもてすぎるから妬いてるのね」

結香が笑った。

「あんな年寄りに妬くわけないだろう。それに、社長がもてるはずがない」

図星の言葉に内心狼狽《うろた》えたが、平静を装って、さらりと返した。

「もてると思うわよ。この仕事が長いから、一度話すとだいたいの性格はわかるし、二度も来ていただけると、ほぼわかるわ」

結香は自信ありげに言った。

「社長がどうしてもてるんだ」

「もてるとわかっているから反発したくなるんでしょう？　社長に対してペコペコしたくないというのもたくましくていいわ。闘争心剝《む》き出しのオーラが出ているもの。張り合いたくなる相手ってことじゃない」

結香がクッと笑った。

お見通しだ。認めたくないことを言葉にされてしまった。だが、美男でもなく髪も薄い主水が、なぜ女にもてるのか不思議でならない。自分の方がもてるはずだと思っているので、どうしても対抗意識が芽生えてしまう。

「社長には金があるからな。女は金に弱い。いや……結香さんはちがうと思う。だけど、金がないよりある方がもてる」

また結香がおかしそうな顔をした。

「お金でもてるのは、本当にもてるとは言わないわ。社長にお金がなかったとしても、きっと女性が貢ぐはずよ。そんなタイプだわ」

「まさか」

「私がこんなことを言うと、ますますあなたの血が滾《たぎ》りそうね」

言われるとおりだ。女に関しては、徹底抗戦したくなる。

金のない主水など女が相手にするもんかと言いたかったが、あまり露骨に言って結香に軽蔑《けいべつ》されたらと、言葉を呑んだ。

それから一時間足らずして、長塚氏がやってきた。文奈から手に入れた数葉の写真で、しっかりと目の奥に焼きつけていた顔だ。

「まあ、いらっしゃいませ」

ママが満面の笑みで迎えた。

グレーのスーツは、いかにもオーダーメードという感じだ。ピンクのネクタイに、ポケットチーフも同じ色。パーティならわかるが、どう見ても出張中の格好には見えない。

写真から受けた感じよりやや色白の、やさしい顔立ちで、文奈とは美男美女の組み合わせだ。それなのに、文奈に手を出さず、ママに魂を奪われているとしたら、やはり問題だ。

文奈の実家も裕福なら、長塚氏の実家も名家で、代々、医者の家系らしい。長男、長女と医者になっているが、三人兄弟の末っ子の長塚氏だけは縁者の経営する健康器具関連の会社に勤め、気楽にやっているらしい。生前贈与でまとまった財産ももらっているようで、がむしゃらに働かなくてもいいようだ。

長塚氏を雇っている縁者は、長塚氏の父親に健康面だけでなく、会社設立の金銭面まで世話になったと文奈に聞いた。成功して利益を上げている今、恩返しのつもりで、その息子の長塚氏を雇っているのかもしれない。

ちらちらと長塚氏を観察する限り、営業や接待が上手いような感じはせず、いまだに坊ちゃんが抜けきっていない雰囲気がある。縁者の会社にとっては、ただの無駄飯食いかもしれない。

『博多に出張したいんですが』

『わかった。じゃあ、行ってもらおうか』

『四日ほどいいですか』

『ああ、好きなだけどうぞ』

つい社長と長塚氏の滑稽《こっけい》なやりとりが脳裏に浮かんだ。そんなことはあり得ないだろうが、世の中、信じられないことは山ほど存在する。

長塚氏に顔を見られないように気遣いながら、勇矢は洗面所に行く振りをして席を立った。後のことがあり、長塚氏には顔を知られない方がいい。

「さっそく依頼主の亭主がやってきました」

主水に連絡した。

「そうか。だったら、後三十分したら電話するから、呑み代を払って出てこい」

「はァ?」

「私は仕事が長引いて行けなくなったということにしろ。彼に顔を見られない方がいいからな。それから、まだそこに顔を出して三日目。一年も二年も通っているわけじゃなし、いくらクラブでも、ツケで出ようなんて思うなよ。今は信用が第一だからな。一に信用、二に信用。三、四がなくて五に信用だ。現金で払うんだぞ」

電話が切れた。

いつも、次のひとことを言おうとすると、主水はさっさと切ってしまう。長塚氏に顔を見られない方がいいのはわかっている。だが、それは口実で、楓がまた店の鍵を掛け、ふたりきりでよからぬことでもしているような気がしてならない。

大切な依頼の仕事より、昔の女とのお楽しみが先かと、怒りと嫉妬が湧き上がったが、深呼吸して気を鎮め、席に戻った。

ヘルプらしい若い女が座っている。美人ではないが、丸い鼻や、やや垂れた目が愛嬌《あいきょう》で、親しみが湧く。

「ミクリちゃんは初めてでしょう？　K大の学生さん。週に一、二度のバイトなの。面白いわよ。こちら東京から出張でいらしてる武居さん。いい方よ」

「ミクリです」

さっそく名刺を渡された。

「へェ、変わった名前だな。それにしても、社長、遅いな」

渡された名刺を眺めながら、さり気なく言った。

「電話してみる？」

結香が腕時計に視線をやった。

「いや、商談中だったらまずい」

「そうね。私、ちょっとだけ席を外すわ。その間、ミクリちゃんと楽しんで。ひとりじゃ、もの足りない？　もうひとり呼びましょうか」

「あ、いや、あれこれ話すには一対一がいい」

勘定を考えると、財布に十分な金が入っているわけではなく、何人もホステスを呼ばれては困る。また主水に腹が立った。

「じゃあ、ミクリちゃん、よろしくね」

結香がいなくなると、急に目の前が色褪《いろあ》せた。

「きみは何を呑むんだ？　水割りは呑まないんだろうな」

ホステスは指名されるとバックがつく。飲み物にもバックがつくはずだ。どうせ呑むならバックがついた方がいい。バックのつかない水割りを呑むとは言わないだろう。そうなると、また勘定が高くなる。昨日までとちがい、いちいちケチなことを考えた。

必要経費として後で戻ってくるとしても、今夜の支払いが心配だ。ツケにせず現金で払ってこいなどと簡単に言い放った主水だが、人の懐具合を無視したとんでもない男だ。

「ラストが近かとならストレートばいただくとばってん、この時間やけん、まず水割りばもろうてよかですか」

「はァ？」

ミクリから出た言葉に、勇矢は目を丸くした。

「今のはもしかして博多弁か？」

「もしかせんでも博多弁」

「生粋《きっすい》の博多っ子か」

「母は肥後《ひご》熊本で父が博多。熊本と博多が混じっとっても、博多生まれの博多育ちなら生粋て言うとかいな。水割りよりジュースば飲んだ方がよかですか」

「ボトルなら全部呑んでいいぞ」

昨日、ボトルを空にして、またキープしたので、三分の二は入っている。空けられるはずがないので、水割りなら助かる。

「それ、ほんとのほんと？　ボトル空けてもよかと？」

「ああ」

「親譲りの蟒蛇《うわばみ》やけん、ボトル一本いける口。気前がいいお客さんで嬉しかァ」

「今……ウワバミと言ったか？」

「うち、まだ、酔ったことなかと。一度でよかけん、酔っ払ってみたかっちゃけど」

ボトルが空になって、もう一本となったら大変だ。ギョッとしたが、もうじき主水から電話が入り、それを口実に店を出られるはずだ。

「博多では若い人でも博多弁を使うのか。ここのホステスは、みんな標準語だ。イントネ
ーションはちがうがな。きみの言葉には驚いた」

「日本中に博多弁ば広げるとを目的に、大学で博多弁同好会ば作ったと。部員は十三人になって、私がココで働きよるとも、その一環というか、お金も稼げるし一石二鳥でよかろ?」

濃いめの水割りを作ったミクリは、乾杯すると、水のように飲み干した。

「高かウイスキーは味がちがう。じゃあ、遠慮なく呑ませてもらいます」

二杯目はもっと濃い水割りになり、唖然とするしかない。空にしていいと言ったからには、今さら文句は言えない。

ひとときミクリの博多弁と飲みっぷりに気を取られていたが、長塚氏の席にママが座ると、そちらの観察も怠《おこた》らなかった。

ママが長塚氏に愛想がいいのは、特別な男というより、客に対する如才《じょさい》なさのように見える。もっとも、たとえ特別な関係であっても、それとわかる態度を見せてしまっては店は成り立たない。長塚氏も笑みを浮かべて話しているものの、特別不自然なところはない。

「ママはきれいかけん、見惚れとんしゃあと？」

「うん？　ああ……今日の着物も高そうだ」

「ママが安か着物ば着られるはずがなかでしょうが」

長塚氏とママを観察しているのを悟られたかと、一瞬、冷や汗が出た。

「ママもチーママも着物は抜群だな。あの客もママ目当てだろうな」

「ときどき東京から来んしゃあとですよ。ママ目当てはあっちこっちから来んしゃあけん」

「時々でも、東京からじゃ大変だな。俺達は仕事が終わったら、そう簡単にここまで来れないと思うし」

「出張の仕事ば作ってもらいんしゃったらよかじゃないですか？」

そのとき、ケイタイが鳴った。主水だ。

「社長だ。ちょっと失礼」

勇矢は席を立って、店の外で会話した。

「彼のこと、チーママに何か訊《き》けたか？」

「チーママは席を外しています。代わりに妙な博多弁の大学生がついていて、蟒蛇と言っただけあって、ボトルを空にされるかとヒヤヒヤしてました。助かりました。すぐ出ます」

「待て。ちょっとぐらいチーママに彼の探りを入れてから出てこい。後三十分延長だ」

「そんな」

また一方的に切られてしまった。

席に戻ると、ママがやってきた。長塚氏の席には結香が移っている。

「Bテーブルお願いね」

博多弁を使う蟒蛇のミクリが別の席に追いやられ、勇矢は胸を撫で下ろした。これでボトルが空になる心配はなくなった。

「面白い子ですね」

「お気に召したかしら？　また後で呼びましょうか」

「あ、いえ……面白いものの、僕は熟女と呑む方が好みで」

蟒蛇を呼び戻されてたまるかと、遠まわしに断った。

「社長さんから？」

「そうなんです。仕事が手間取っているらしくて」

「きっと大きなお仕事なのね」

「ええ、不動産ですから、こっちまで来たからには数億の……おっと……余計なことを喋るなと社長に叱られます。聞かなかったことにして下さい。気に入らないと、社員をすぐ馘《くび》にするんです。給料もいいし、今のところ、転職する気はありませんから」

なかなかの詐欺師だと、勇矢は大法螺《おおぼら》吹きの自分に感心した。

「今のお話、聞かなかったことにするわ」

ママは主水や勇矢を、ますますいいカモだと思うようになっただろう。

「何かお呑みになりませんか？」

ママが来たのに飲み物を勧めないのでは、無粋な男と思われる。出費はやむなしだ。それに、ボトルを一本空けられるより安上がりだ。

「私も、このウイスキー、お水割りで戴いてよろしいかしら」

昨日はジュースだったはずだ。遠慮深い。もしかして主水が現れないと知っていて、懐具合を見抜かれているのではないかと焦った。そんなはずはないが、気にし始めるときりがない。

「いつも繁盛していて凄いですね。ママの魅力で安泰ですね」

「まあ、ありがとうございます。でも、みんなが頑張ってくれるからですよ」

「博多は出張族も多くて、全国にママの贔屓《ひいき》筋がいて繁盛しているんでしょうね。うちの社長も、ママにマンションの一戸でも買ってやったら、少しは気に入ってくれるだろうかなんて言ってましたよ。僕はマンションの一戸ぐらいじゃ無理と言ったんですが。だいたい、金だけじゃ、人の心はなびきませんよね。社長、仕事で全国をまわるたびに、何人の女に家やマンションを買ってやったことか。呆れます」

「そんなに愛人というか……女性が？」

「また余計なことを喋ってしまったな。絶対に僕が洩らしたこと、社長に密告しないで下さいよ」

勇矢は大失敗したという顔をした。

「夜の女は口が堅いから大丈夫。社長さん、凄いのね」

「買ってやってもどうこうするってわけじゃなく、要するに、後は売るなり人にやるなり自由にしろって主義で、関係が続いているわけじゃなく、好きな女に何かしてやると満足して、次の女にいくようなタイプで、僕から見るとバカです。僕に家の一軒も買ってくれた方が利口だと思うんですけど、男にはケチで」

仕事のためとはいえ、どうして主水を持ち上げないといけないのだと思いつつも、主水がママに近づくには最良の方法の気がする。それも、まっすぐに持ち上げるより、呆れ果てていると言った方が、より真実味を帯《お》びるだろう。

「素敵な社長さんだわ。呑み方がきれいだし、お勘定はきちんとなさるし、そんなお話を聞くと、ああ、やっぱりって、納得できるわ。なかなかそんな方はいらっしゃらないわ」

「そうですか？　金があり余ってるだけの嫌味な男だと思うんですけどね」

勇矢はこれでもかというほど、金がある上客だと印象づけようとした。

「ママは宝石に着物に車や別荘と、貢ぎ物が多くて困ってらっしゃるでしょうね。うちの社長が何か押しつけようとしても、いやな相手と思ってらっしゃるなら断るといいですよ。それで腹を立てるような男じゃないのは確かですから。振られたなと言いながら、笑ってまた呑みに来ますよ。保証します」

「まあ、ますます素敵」

癪《しゃく》に障《さわ》る主水をあまり持ち上げたくないが、ここまでくると嘘が面白くなる。

ママが勇矢の席に挨拶《あいさつ》に来るのに不思議はないが、満席に近く、長居するのは不自然だ。大金持ち主水のことをもう少し聞きたいという気持ちになっているのだろう。

「中洲はいいですね。仕事が片付けば、なかなか来られないだろうと思うと残念です」

「飛行機で一時間半だから近いわ。ときどきいらっしゃって。そういえば、まだお寿司も戴いてなかったわ。明日か来週、楽しみにしていますから」

寿司を食べに行きたいと言ったのは主水だが、今度はママから口にした。上出来だ。

やがてママが立ち、結香が戻ってきた。

「社長さん、遅いわね」

「この分じゃ、今夜は時間はとれないかもな……」

ふたりだけの時間を匂わせた。

「私も常連さんがいらしてるし……お店の後のおつき合いもあって」

「一昨日はラッキーだったんだな」

「悪く思わないでね。あのときは最高だったわ。あれでずいぶんと疼《うず》きが治まったわ。今度は時間を気にしないで、ゆっくり過ごしたいわ。土日とか」

結香が声をひそめた。

熟れて落ちる寸前の、最高に甘い果実を彷彿《ほうふつ》とさせるような結香の躰が脳裏に浮かんだ。

「土日も社長次第なんだ。というか、俺達の仕事には接待がつきもので、これがいつどうなるか」

「わかってるわ。私の仕事もお客様次第だもの」

「東京に戻るまでには何とかしたい」

今すぐでも抱きたいと思ったが、やむを得ない。

結香が商売抜きで会いたいと思っているのが確信できる。あの手この手で悦《よろこ》ばせた甲斐《かい》があった。ママは文句なしに魅惑的だが、今は心の通い合う結香との時間が一番だ。

主水から電話が入った。

長塚氏が紅千鳥から出てきたのは、勇矢が店を出て一時間ほどしてからだった。

まだ閉店まで時間がある。店が終わったらママが長塚氏のホテルに行くのだろうか。それとも長塚氏がママのマンションに行くのだろうか。

どこかで待ち合わせと思ったが、長塚氏はブラブラと歩きはじめた。

主水と一緒に尾行した。

明治《めいじ》通りに出た長塚氏は、道を渡って右に折れ、今度は左に折れた。

宿泊するホテルは文奈に聞いている。寄り道もせず、下川端《しもかわばた》町の贅沢《ぜいたく》なホテルに帰るようだ。

「後でママが来るんでしょうか」

「来ないな」

主水が即答した。

「どうしてわかるんです」

「飲食するぐらいならいいが、ただでさえ目立つ着物のママが、客と逢い引きするのに、店が終わって中洲に近いこのホテルを使うはずがないだろう」

「一流クラブのホステスやママだから、いいホテルを使わないとおかしいじゃないですか」

「客に目撃されたらマイナスだ。おまえはホステスをちょくちょくホテルに呼び出して楽しむんだろうが」

「社長も今朝まで楓ママと一緒だったじゃないですか」

「楓と紅千鳥のママはちがう」

どこがちがうんだと言いたかったが、もっともらしいことを言われた挙げ句、小馬鹿にされそうな気がしてやめた。

「ホテルに戻って、もっと動きやすい服に着替えるぞ」

「ママが出てくるまで秋月で待ってなくていいんですか？」

勇矢が紅千鳥にいる間、どうせ秋月にいたのだろうが、故意に訊いた。

「楓は私に首っ丈だから、仕事の邪魔をされそうだ。出ようと思ったときに縋《すが》りつかれたんじゃ、まずいだろう」

主水が、むひひと不気味な笑いを浮かべた。

博多まで主水がやってきたのは、仕事にかこつけて楓を探すためだったのではないかと思いたくなる。仕事を口実にすれば、娘の紫音に不審に思われることもないだろう。

亡き母を女遊びでさんざん泣かせた主水を、娘の紫音はさりげなく監視している。主水も紫音の目を気にしている。それでも器用に遊んでいるのだから、主水の女癖は一生治らないだろう。

宿泊ホテルに戻って、それまでとまったく雰囲気のちがうラフな服装に着替え、帽子を被り、紅千鳥閉店間近に、またふたりで中洲に足を運んだ。

ママは恰幅《かっぷく》のいいふたりの客と一緒に出てきた。

春吉《はるよし》橋に近い中洲の寿司屋に入り、一時間余りで出てくると、客と別れてタクシーに乗った。

長塚氏のホテルまで歩いても十分かからないだろうが、行くならタクシーを使うだろう。けれど、結局、ママはそのまま自宅マンションに戻った。明かりのついた十階の角部屋を見張っていたが、一時間しても明かりは消えず、これ以上の動きはないと、ホテルに戻ることにした。

翌日の金曜、ふたりとも紅千鳥には顔を出さず、店の外で長塚氏を待った。早々と八時にやってきたものの、九時過ぎには店を出てホテルに戻った。

金曜の夜とあり、ママは今日も客とのつき合いだ。けれど、昨夜と同じように、食事が終わるとマンションに戻っていった。

長塚氏の動きも単調すぎる。ママとナニができないなら、せっかく中洲まで来ているのだから、もっと羽目を外して遊んだらどうだと言いたいほどだ。部屋にデリヘル嬢を呼んで楽しんでいるとも思えない。九時過ぎにホテルに戻って、また外出して遊んでいるとも思えない。

主水は店が休みの土日にママは動くと言っている。それなら土日も忙しそうだ。

結香と次はいつ楽しめるだろう。次がないままに帰ることになったら……。

そんなことを考えながら、ママのマンション近くで拾ったタクシーで帰途に就いていると、思いが伝わったのか、結香からメールが届いた。

『今夜はお店に来てくれなかったから、お仕事が終わって東京に帰ってしまったんじゃないかと気になっています。まだ博多なら連絡下さいね』

午前二時を過ぎたところだ。

勇矢は内心、ニヤリとし、どうだと言わんばかりに、結香からだと言って主水にメールを見せた。

「おまえ、どうして連絡のひとつも入れておかないんだ。仕事がらみだから、マメに連絡を取っておかないとまずいだろう。呆れた奴だ」

自慢したかっただけに、ムッとした。

「ママを落とすと言いながら、昨日も今日も店に顔も出さないで、社長はどうなんです」

「昨日も今日も店に電話を入れて、ちゃんとママとは話してるんだ。私のことは心配するな。おまえほどドジじゃない」

主水は軽く言い放った。

「店が休みになるから彼も動くはずだ。日曜の夜には帰ることになっているからな。ママに会うには土日しかない」

「ママの車でも使われたら追うのは無理ですね。タクシーがすぐにつかまるとは限りませんから。かといってレンタカーを借りても、電車を使われたんじゃ、邪魔にしかなりませんし」

尾行は難しい。相手はどんな手段を使って動くかわからない。

一眠りして、まずは七時から長塚氏を見張ることになった。大きなホテル前には常にタクシーが待機している。長塚氏がタクシーを使ったとき、次に待っているタクシーをすぐに使える可能性が高い。ママがホテルに現れる可能性もある。だが、土日に長塚氏がママと会わないようなら、男女の関係はないかもしれない。

部屋に着くと、結香に、仕事が大変で会えないのが辛いと、甘い言葉をちりばめたメールを送った。電話で直接話したいが、寝ている時間なら起こさない方がいい。楽しみは後に取っておこうと、朝からの張り込みを考え、すぐに眠りに就いた。

長塚氏がホテルから出てきたのは十一時近かった。なかなか出てこないので、七時前に、すでに出ているか、一日中、部屋に籠もるつもりではないかと不安になったときだった。

ホテルのタクシー乗り場に向かう長塚氏を確認し、ちょうど近くを通ったタクシーを停めて乗り込んだ。

「ありがとうございます。どちらまで」

「あのタクシーを追ってくれ。見失ったら規定料金。追えたら、その倍でどうだ」

「何とか頑張ります」

バックミラーに映った運転手の目が輝いた。

間に一台入っているが、信号で離される不運もなく、順調についていく。

長塚氏を乗せたタクシーは昭和《しょうわ》通りをまっすぐに天神方面に向かい、渡辺《わたなべ》通りへと左折した。そして、二百メートルほどの所で止まった。どうやら降りそうだ。

「助かった。近くてすまない。これで」

主水は五千円札を渡し、釣りを受けとらずにさっと降りた。勇矢も急いで降りた。

長塚氏は西鉄福岡駅で切符販売機に向かった。

ここは天神大牟田《おおむた》線の始発駅だ。

主水はすぐさま終点の大牟田までの切符を二枚買い、勇矢に渡した。素早い。こんな敏速な主水を見るのは初めてだ。女に手が早いだけかと思っていたが、やるじゃないかと、勇矢は驚いた。

長塚氏を遠くから挟むように主水と離れてホームで電車を待っていたが、主水がさりげなくやって来た。

「ママが来たな。ばれるなよ」

すれちがいざまに言われ、気づいていなかった勇矢は慌てた。

「どこですか……」

歩きながら訊いた。

「おまえの目は節穴か。赤いポスターの前。サングラス」

主水はそう言いながら、帽子を目深に被り直し、勇矢から離れた。

黒いパンタロンスーツに肩の隠れるロングヘア。そして。サングラス。勇矢の知っている和服の紅千鳥のママとは、あまりにもイメージがちがうが、美しい横顔は確かにママだ。

長塚氏とは一車両ほど離れて立っているし、近づこうともしない。偶然に同じホームに立っているのかもしれないが、客に会ったときのために、他人を装っていると考えるのが妥当《だとう》だろう。

ふたりは車内でも離れたままだった。そして、久留米《くるめ》でふたりとも降りた。離れたまま改札を出ると十メートルほど別々に歩き、ようやく並んだ。これで、ふたりの逢瀬は間違いなしだ。

主水はスパイカメラともいわれる小型カメラで、ふたりに気づかれないようにツーショットの写真を撮っている。

ふたりはいかにも老舗《しにせ》らしい看板を出した呉服屋に、迷うことなく入っていった。主らしい還暦過ぎた和服の女が愛想よく迎えている。店を通り過ぎるときも、主水は通行人を装ってツーショットを撮った。

いざというときの道具だと、勇矢も主水からあれこれ渡されているが、使い慣れていないので役に立っていない。

スーツ姿とは正反対のラフな服装で、帽子も目深に被っている主水と勇矢を、ママがちらりと見たぐらいではわからないだろう。だが、店に入るわけにはいかないので、道を隔《へだ》てて中を窺《うかが》った。店主が反物や帯を出している。

「この店は初めてじゃないな。長塚氏は何度かママにここの物を貢いでるのかもしれない。ふたりが出てきたら尾行して、行き先を連絡しろ。見失うなよ。私は、この店の偵察だ」

「店は後にして、二手に分かれてつける方が失敗する確率が少ないと思いますが」

「いくらのものを買ってやったか知りたい。入れ替わりにすぐ入れば、そこに置いてある品物を見ることができる。すかさず、気に入ったからそれが欲しいと言うんだ。売れたばかりだと言われるだろうから、いくらするか訊いてみる。値段は教えてくれるはずだ。そこまで説明しないと、おまえはわからないのか」

主水がまた呆れた顔をした。

そこまで考えられなかった勇矢は感心したが、意地でもそんな態度は見せたくなかった。

「ここまで来てふたりを見失うと痛手と思うから言ってるんです」

「だから、おまえがスッポンのように食らいついて離れなければいいだろう」

尾行の難しさはわかっている癖にと、主水の薄くなっている頭をひっぱたきたくなった。

夜の九時過ぎというのに、結香が勇矢の部屋にやって来た。

白いスーツの結香は、着物のときよりずいぶんと若く見える。別人のように新鮮だ。ドアを開けたとき、思わず、おっ、と声が出た。

「別人かと思った」

「少しは若いでしょう?」

「少しどころか。着物のときが一番いい女かと思っていたのに、スーツも完璧だ」

「裸のときが一番じゃないの?」

さらりと口にした結香に、今夜も肩の力を抜いて楽しめそうだと嬉しかった。

「それは言うまでもないだろう?」

「ふふ。シャワー、使っていい?だって、急に会える時間ができたってメールが入ったから、急いで出てきたの。朝、浴びたっきりよ」

「変な奴だな」

嬉しくてたまらないが、一流クラブのチーママがと、不思議な気がしてならない。

「何が変?」

「俺みたいな、どこの馬の骨かわからないような男のところに、こんなに急いで来てくれるなんてさ。結香は紅千鳥のチーママだぞ」

「東京の風露に勤めていたときから知ってるもの。それに、紅千鳥のチーママの前に、私は女よ」

「俺は、風露に通ってるときはまともだったかもしれないけど、今はろくな奴じゃないかもしれない」

不動産屋だと偽っていることは仕事でやむを得ないこととはいえ、心がチクリと痛んだ。

「ヤクザじゃあるまいし、不動産屋さんはまともじゃない」

苦笑しながら、結香はさっさと服を脱いでいく。

「今日も発情中か」

「そう。変ね。だって、あなたといるとしたくなるの。会えるってメールをもらったら、急にしたくなったのよ。治まっていたはずなのに」

最後のハイレグショーツを脱いだ結香は、くふっと笑って浴室に消えた。

勇矢も慌てて服を脱ぎ、浴室に入った。

シャワーを浴びている結香からノズルを取って壁に掛け、抱き寄せた。

「せっかち」

「発情してると言ったじゃないか」

唇を塞《ふさ》ぐと、すぐに舌が絡まった。

肉茎が勃ち上がり、結香の漆黒の茂みを押した。

「ここでもいいけど、ベッドの方がいいわ。どう？」

唾液を奪い合った後、結香が顔を離した。

「社長にこき使われて疲れすぎだ。立ってしないと眠ってしまうかもしれない」

結香がクッと笑った。

「疲れすぎにしちゃ、元気なボウヤね。眠っていいわよ。泊まっていっていいなら、明日の朝もできるし」

「泊まっていいに決まってるだろう。じゃあ、続きはベッドだ。匂いが消えるほどアソコを洗うなよ」

「ばか」

結香が頬をゆるめた。

勇矢は屹立にシャワーを掛けると、浴室を出てベッドに入り、結香を待った。

肉体は疲労しているのに、肉茎は漲っている。現金なものだ。

朝から長塚氏を見張り、尾行し、呉服屋を出たふたりをタクシーでつけ、久留米駅から五分ほどの所にあるしゃれたホテルに入るのを見届け、そこにも昼から夕方まで張りついていた。クタクタになるはずだ。

長塚氏とママはホテルに入ると、まず日本料理の店に入り、昼食を済ませた。

一時間近く経って、長塚氏がひとりで出てきてフロントでチェックインし、エレベーターに乗った。

ママが店から出てきてエレベーターに乗ったのは、それから十五分後だった。ひとりだけ乗ったのを確かめてエレベーター前に行くと、やがて客室階で止まった。ふたりの関係が決定的になった。だが、勇矢にはどうもしっくりこない。信じられない組み合わせだ。

ふたりはホテルに泊まらず、夕方にはチェックアウトした。

ママが先にホテルを出て、少し遅れてフロントに立ち寄ったのは長塚氏だった。

別々に久留米駅に戻ったふたりは、また一緒になってフランス料理店に入って夕食を済ませ、そこを出ると、行きと同じように、離れて電車に乗った。

天神に着くと、もはやふたりは肩を並べることはなかった。ママは主水が追い、マンションに帰宅したのがわかった。

勇矢のつけた長塚氏は、徒歩でぶらぶらと歩き出したので、難なくホテルに入るまでを見届けることができた……。

「眠ってるの?」

結香の声に、慌てて目を開けた。

「眠るわけがないだろう」

こんなときだというのに、今日のことが次々と浮かんできて、現実に自分の目で確かめていながら、ママと長塚氏の仲が感覚的に納得できず、縺《もつ》れた糸を解《ほど》くようなもどかしさを感じ、目を閉じて考えごとをしていた。

文奈の夫とママはできている。だが、長塚氏の思いが熱心だとしても、ママが真剣だとは思えない。

「喉が渇いちゃった。何かもらっていい?」

「ああ。酒でも何でも」

「お水がいいわ」

素裸の結香は、冷蔵庫からミネラルウォーターを出した。勇矢の肉茎がひくついた。

「紅千鳥は繁盛してるけど、ママってそんなにもてるのかな。俺は結香の方が魅力的だと思うけどな」

最後をつけ足し、怪しまれないように探った。

「ママはやり手よ。中洲であれだけの店をやってるんだもの」

結香がグラスに入れた水を、美味《うま》そうに飲んだ。

「商売だから、客にはあなただけよという顔をしていても、ちゃんとしたパトロンはいるんだろうしな。地元の人間じゃなく、出張族の中にいるかもな。その方が安全だから」

「出張族にはプレゼントをねだるくらいじゃないかしら」

核心に近づいてきた。

「うちの社長も、ねだられたら鼻の下を長くして、喜び勇《いさ》んでプレゼントするはずだ。まあ、それも男の甲斐性だろうし。結香はママのパトロンを知ってるのか」

「どうかしら。たとえ知ってても言うはずないでしょう?」

茶化すような口調だ。

「当然だ。聞けるなんて思ってない。たとえ聞いても、うちの社長に告げ口なんかしないけどな。だけど、どんな男か興味はあるよな。銀座でもそうだった。あちこちのクラブやバーに行くたびに、このママにはどこのどいつがついてるんだろうと思ったものさ。噂が耳に入ったり、はっきり相手がわかってる場合もあったけどな」

「うちのママのパトロンのこと、知ってる人は知ってるかもしれないわ。長いようだから」

ますます核心に近づいてきた。

長塚氏はただのカモだ。

ママと長塚氏が呉服屋を出て完全に視界から消えたとき、主水は店に入って、店主が片づけようとしていた鳳凰《ほうおう》や花々を織り出した、見るからに高価な袋帯を見て、娘に買ってやりたいと言ったそうだ。すると、売れたばかりだと、申し訳なさそうに言われたらしい。いくらかと訊かず、百万円は下らないだろうと言ってみると、都会ではそのくらいするだろうが、ここは他よりずいぶんと安くしているので、七十万円だと言われたそうだ。

長塚氏はママに七十万円もする帯を買ってやったのだ。帯はこれから仕立てられ、ママのマンションに届けられるのだろう。

帯のお礼がセックスだったのだろうか。パトロンはこれを知ったらどう思うだろう……。

「長いつき合いなら、よほどの金持ちだろうな。あれだけの女の相手をするには金がないとな」

勇矢はパトロンを知りたかった。

「私は気に入った人がいたら、いざとなったら稼いで食べさせてやるわ。男に食べさせてもらうのは嫌い。食べさせたいってわけじゃないのよ。負んぶに抱っこで男に甘えて生きていく女って嫌いなの。玉の輿を狙うなんてのも大嫌い。そんなの二の次でなきゃ」

きっぱりと言い切る結香は輝いて見える。

「だから、貧乏な俺なんかの部屋にも来てくれるんだ」

「気が合うのが一番よ。いくらお金を積まれても、嫌いな男とはセックスなんてできないわ」

二杯目の水を飲んだ結香が、ベッドに入ってきた。

「今夜も楽しいぞ。こないだ以上に」

しつこくママのことを訊くと不自然に思われる。ママには長塚氏以外に、長くつき合っているパトロンがいるとわかっただけで大収穫だ。おいおいと訊いていけばいい。

ママの話を打ち切った勇矢は結香を乱暴に抱き寄せ、唇を塞いだ。

結香の舌がすぐに勇矢の舌に絡まり、激しい唾液の奪い合いになった。

結香の欲情ぶりも頼もしい。

顔を離した勇矢は、乳房を両側から寄せ、左右の乳首が近づいたところで、交互に舐め、つつき、軽く吸い上げた。

「あは……んんっ」

早くも艶やかな喘ぎが洩れ始めた。

股間に響く喘ぎを聞くと、とうに屹立が反り返っているだけに、一気に肉杭を沈めたくなる。だが、それでは自分の満足だけだ。結香をとことん悦ばせたい。

下腹部を愛撫したいところだが、ひっくり返して首筋から肩胛骨《けんこうこつ》へと舌を滑らせた。

「あう……そこ、感じる……はあぁっ」

ひとりひとりの性感帯は微妙にちがう。結香のように素直に言ってくれれば助かる。結香も深い快感を得やすくなるだろう。

舌が磨《す》り減るほど左右の肩胛骨を舐めまわし、背中の中心から尻の方へと徐々に下りていった。

「あう！」

惚れ惚れするほど形のいい尻肉だ。撫でまわし、軽く噛んだ。

ぴこっと尻が弾んだ。

「美味そうで食っちまいたくなる」

「食べて」

結香は自分から尻を掲げ、誘うようにくねりと動かした。

やけに猥褻で美しい。

うつぶせになっていたので、溢れた蜜液がシーツに大きなシミを作っている。卑猥な眺めに、勇矢はいっそう欲情した。

結香の膝を、背後からグイとくつろげた。

「おう、いい眺めだ」

蜜に濡れた漆黒の翳りの内側で、パールピンクの女の器官がとろとろになっている。そこから漂い出したメスの妖しい香りが鼻腔に触れ、剛棒を痛いほど刺激した。

頭を突っ込み、舌を伸ばし、したたる蜜を掬《すく》い取った。

「あう！」

遠慮のない声がした。

豊富なしたたりを、ぺちょぺちょと淫猥な音をさせて味わった後、まだ触れていない後ろのすぼまりに舌先を持っていった。

「くっ！」

総身が硬直したが、結香は逃げなかった。

縮緬《ちりめん》の皺を伸ばすようにしながら、周囲から中心に向かって捏ねていった。

「はああ……そこをオクチでされると……気怠くなって……んふ……どうにでもしてってて……そんな気持ちになるわ……」

後ろを口で愛でられると、慌てたり逃げようとしたりする女が多いが、結香は初めてではないらしい。そして、この快感を好んで受け入れている。

ますます勇矢は嬉しくなった。

「ココに入れたくなった」

「あは……だめ……入れるときは前よ。入れて……」

「まだ足の指も舐めてない」

「それは今度……入れて……欲しいの」

セクシーな声にぞくぞくした。

お許しが出た。

突撃だ。

大きく息を吸い、先走り液でてらてら光っている亀頭を背後から秘口につけ、熱いぬめりの中に沈めていった。

「はあああっ……いい……」

結香の悦びの声が広がった。

五章　驚きのホステス

紅千鳥のママにはパトロンがいる。しかも、長いつき合いらしい。それがわかっただけでも大収穫だ。

翌日、主水に伝えると、相手は誰か訊《き》かなかったのかと、呆れた顔をされた。

「あのチーママが、そんなことをペラペラ喋ると思いますか？　口が堅いから信用されてチーママにまでなってるんじゃないですか。そのチーママが、ママにパトロンがいる。しかも、長いつき合いだとまで口にしたんですよ。他の男には、絶対にそんなことは洩らしたりしませんよ。僕にだから喋ったんじゃないですか」

でかしたと言われると思っていただけに、勇矢はムッとした。

「もうひと舐め足りなかったんじゃないか？　私だったら、脳味噌が痺《しび》れるまでサービスしてやって聞き出すがな。おまえ、指と口は使ったのか」

主水は破廉恥《はれんち》な言葉を、ためらうことなく言ってのけた。

指や口を使わなくても、まだムスコだけでメロメロにさせてやれるんだと言いたかったが、主水がすぐに言葉を続けた。

「相手が誰か突き止めないことには話にならんだろう。一ヵ月も二ヵ月も博多に居続けるわけにはいかないぞ」

確かに、パトロンのことを高塚氏にはっきりと示し、納得させなければ、極上のママを諦めさせるのは難しい。

「高塚氏が次にやってくるまで、ママのパトロン捜しだ。そろそろ現れてくれるといいがな。ただ、パトロンがママのマンションの合鍵を持っていたら、特定するのが難しくなる。何とかチーママから聞き出せ。チーママが知っているのに訊かない手はないだろう？　わかれば、店の外のママを尾行したり張り込んだりする手間が省《はぶ》けるんだ。天と地の差だ。いや、天と地底の差がある」

いつもなら主水に反発したくなるが、ママのパトロンをふたりだけで捜すのは至難の業《わざ》だ。パトロンがママの部屋の鍵を持っていて、ひとりでマンションに入っているなら確かめようがない。

鍵がなければエントランスドアは中から解錠してもらわなければ開かないし、住人と一緒に紛れ込むことはできても、度重なれば怪しまれる。高級マンションになるほどセキュリティは万全で、尾行は困難になるばかりだ。中に入れても、ママの部屋の前で見張っているわけにもいかない。不審者として通報されるのが落ちだ。

ママがマンションの外でパトロンと会っているとしたら、これまた慎重に動いているはずで、主水とふたりで逢瀬の現場を突き止めるのは至難の業だ。ママと高塚氏の逢瀬を突き止めたときほど簡単にいくとは思えない。

「チーママは相手を知ってるんですから、訊かない手はないですが……」

それしかないとさえ思えてくるが、さりげなく聞き出すのは難しい。すでに話題に出した以上、さらに執拗《しつよう》に訊いては不審がられる。ふたりの愛も終わってしまいそうだ。

「おまえがチーママを口説《くど》けないなら、私と交代しないか。おまえは思っているより女の扱いが下手なのかもしれんな。チーママも大ママも私が担当しよう」

冗談だろうと思ったが、主水の顔はいつになくまともだ。

「いくら仕事とはいえ、あちこちの女に手をつけて、楓のママに悪いと思わないんですか？　僕はチーママ専門です。チーママは、元気のいいのがお気に入りなんです。歳を考えて下さい」

結香を相手にするなら指や口だけじゃ満足しないんだと、精いっぱいの皮肉を言ったつもりだ。

「熟女は腰を使われるだけじゃ満足しないもんだ。チーママは、まだ熟女じゃないのか。私なら、大人のセックスをこってり教えてやれるんだがな」

皮肉をものともせず、主水は、ふふっと笑ったが、結香とベッドインしたら心臓が止まるのが関の山だと、勇矢は内心、舌を出した。

秋月が開いて間もない時間に、勇矢と主水は店に入った。

「まあ、モンさん、こっちにいるなら、どうしてずっと連絡してくれなかったの？　東京に帰ったんじゃないかと思ったじゃない。今日は月曜。先週の金曜は来てくれなかったのよ。三日も連絡してくれないなんて」

楓がプイと頰をふくらませた。

女はいくつになっても拗《す》ねると可愛い。

拗ね方にも色々あるが、楓の拗ね方は男心をくすぐり、セクシーさが増す。一度でいいから楓とセックスしてみたいと、勇矢は主水に嫉妬《しっと》した。だが、楓の目は主水しか見ていない。

「大きな仕事で来てるんだ。仕事さえなかったら楓と離れるもんか。土日だからといって、普通のサラリーマンのように休める仕事じゃないし、相手との交渉は大変なんだ。早く仕事を終わらせて楓と一日中一緒にいたい。だから、頑張ってるんじゃないか。温泉に行くのもいいな。いい宿で、いい湯に浸かって、美味《うま》いものを食べて」

仕事が終わっても東京に帰らず、楓と温泉旅行するつもりかと、勇矢は露骨にいやな顔をした。だが、ふたりとも勇矢など眼中にないようだ。

「温泉、約束してくれる？　東京に帰る前にきっとよ。熊本か大分の温泉に行きたいの」

「よしよし、熊本でも大分でもいい。最高の温泉に行こう」

「タケさん、モンさんの約束の証人になってね」

やっと楓が勇矢に視線を向け、くふっと笑った。

ここでしばらく、ふたりのいちゃいちゃぶりを見せつけられるのかと思うと気が重い。

わかっていたことだ。だから、秋月に入る前、先に紅千鳥に行っておきましょうかと言ったが、おまえが先に行って何になると言われてしまった。

先週の金曜、主水は勇矢を先に紅千鳥に行かせたが、結局、やってこないままで、勇矢が勘定を払う羽目になってしまった。先に行けと言ったり、今日のように、ひとりで行くのを阻止したり、何を考えているのかわからない。

「お仕事で、お客様とクラブを使ってるんでしょ？　ここにお客様を連れてこないで、モンさんったら、悔しい！」

温泉旅行確約で機嫌を直したはずの楓が、つまみと水割りを出すと、また拗ねた顔をした。他の客が来たらどうするつもりだと、危うい雰囲気だ。だから主水は、客のいない早い時間に顔を出さないとまずいと思っているのかもしれない。

「仕事は男の戦場だ。そこはわからないといけないぞ」

鼻の下を長くしていた主水が、きっぱりと言った。

こんな男らしい主水を見るのは初めてだ。

「モンさん……怒ったの……？」

拗ねていた楓が、急に不安な顔をした。

「ちゃんとわかってくれるなら怒ったりしない」

「ちゃんとわかってあげるから怒らないで」

楓が泣きそうな顔をした。

どこまでそそる女だと、自分の母親のような歳の女に、勇矢はムラムラした。

「わかってくれるなら怒らないと言ってるだろう。楓も、好きなものを呑め。まだ早すぎるか。今から酔っ払ってちゃ、仕事にならないからな」

「もう閉めたっていいの」

「そんないい加減な仕事をしていたら潰れるぞ。こないだは嬉しかったが、今日はダメだ」

またも主水がピシャリと言うと、楓は今にもベソを掻きそうな顔をした。

主水はいつも鼻の下を長くしているだけかと思ったが、こうやって、メリハリをつけ、女を操縦しているのだ。

加勢屋に入社して一年近く経《た》って、やっと主水の女の扱い方の一端を垣間見ることができた。なかなかやるじゃないかと思ったが、誉めるのは口惜しい。知らん振りして上等のブランデーを味わった。

「お仕事の邪魔するようなことはしないから、どこのクラブを使ってるのか教えて。だって……評判悪いところだとまずいでしょ?」

楓が、主水をそっと窺《うかが》った。また叱られないかと探っているような目が、何とも可愛く、押し倒したくなる。

「こいつが前の会社の接待で使っていた銀座のクラブのホステスが、偶然、紅千鳥でチーママをやってたんだ」

「そうなんです。こっちに着いた日に偶然に会って、連れて行かれたのが紅千鳥で」

勇矢も続けた。

「まあ、あそこのママ、いいパトロンをつかんでるけど、モンさんのほうがいい男よ」

楓の総身から、嫉妬の炎がメラメラと立ち上った。

「紅千鳥のママのパトロンを知ってるのか！」

さすがの主水も冷静でいられないのか、驚いた顔をした。

「モンさん、ママを好きになったんじゃないでしょうね」

楓が主水を睨《にら》んだ。

「いや、こいつが、あそこのママに惚《ほ》れたようで、ママに単刀直入に、パトロンはいるかと訊いたんだ。いないと言われて、信じてるアホだ。私はパトロンがいないとおかしいと言ったんだ。こいつはまだ若くて人を見る目がないからな。こんな若造を相手にするママじゃないだろうに、ママは若いのが好きで、俺に気があるような視線を向けたとか、呆れたことを言ってるんだ。判断能力をなくした男は話にならん」

そこまで言うかと呆れるほどさんざんこき下ろす主水に勇矢は文句を言いたかったが、楓の口から、まさにパトロンの名前が出ようとしている。そのための言葉なら仕方がない。

「あのママにパトロンがいるなんて嘘でしょ？　ママはいないと言ったし、あの目は嘘じゃないと思うけどな」

勇矢は主水に話を合わせた。

「騙されちゃだめよ。タケさんって、思ったよりウブで可愛いのね」

子供に対するような目を向けられ、勇矢は複雑な心境だった。よしよしと頭を撫でられたい気もするが、やはり男である以上、楓を押し倒し、力強く貫いてみたい。

「他のお客さんにはこんなことは言わないけど、モンさんと、モンさんの大切な部下だから教えてあげるのよ。でも、絶対に絶対に私が洩らしたこと、秘密よ。同じ中洲《なかす》でお商売してるんだし、みんなに言いふらしてるなんて思われると困るから。でも、知ってる人は他にもいるわ」

「ほう、あのママのパトロンは誰だ。私も興味がある。あのママの好みはどんな男かな。間違っても、こいつのような若いのじゃないのは確かだろう？」

また主水が気に障《さわ》ることを言った。

「加津羅《かつら》病院の院長よ。福岡じゃ有名な、大きな病院よ。息子もドクター。七十五歳の院長の方が元気で」

「ん？　ママの相手は息子じゃなく、七十五歳の院長ってわけか」

「ええ」

「間違いないのか？」

主水が念を押した。

「紅千鳥のママと加津羅病院の院長は長いのよ。中洲でお店をやってる人なら、何人も知ってるんじゃないかしら」

「おい、聞いたか。諦めろ。加津羅病院とやらの院長とおまえじゃ、月とスッポンどころか、太陽と石ころだ」

ハハハと主水が笑った。

「ママはパトロンはいないと言ったし、もう別れたんじゃ……」

主水の言葉には腹が立つが、勇矢は仕事を意識した。

「あのママが金蔓《かねづる》を簡単に放すはずがないでしょ？　院長から援助してもらうだけじゃなく、院長が連れて来るお客さんもリッチで、その人達がいつも使ってくれたら言うことないでしょ？　そのお客さんが、また他の人を連れてきてくれたりするでしょうし、お店にとっては打ち出の小槌《こづち》だわ」

「それで紅千鳥は繁盛してるのか。だけど、ここは楓の魅力だけで、ずっと繁盛してるんだから、あっちのママより格が上だ」

「バーよりクラブが上だわ」

楓がツンとした顔で言った。

「そんなことはない。クラブが似合うママと、バーが似合うママがいて、楓はクラブのママよりバーのママがいい。ホステスをいっぱい雇って気苦労するより気楽でいいだろう？

それで稼《かせ》いでるんだから上等じゃないか。それぞれに似合いの場があるんだ。だろう?」

「そうね。私はクラブのママにはなりたくないわ。ここが好き。モンさんもだ～い好き」

勝手にしろと思ったが、ここで紅千鳥のママのパトロンのことがわかるとは思ってもいなかっただけに、楓には大感謝だ。

ママと主水は、勇矢を忘れたようにいちゃついている。気分はよくないが、大収穫の後だけに、我慢するしかない。

やがて、ふたり組の中年の客が入って来た。背の高い方も低い方も、似たような背広と地味なネクタイだ。

「あら、いらっしゃい。久し振りじゃない」

だらりとしていた楓の顔が、ママの顔になった。

「先週も来たんだぞ。だけど、やってると思ってたのに、ドアが開かなかった。一時間ぐらいして来たのに、まだ閉まっていて諦めた。どうしたんだ。看板はついてたぞ」

鍵を閉めた楓が主水と勇矢だけを相手にしていたとき、ドアを叩いた客のひとりだ。

「お客様が急に具合が悪くなって、病院に連れて行ってたの。心臓の持病のある人なの。そう……そのとき来てくれたの? ごめんなさいね。慌てていたから、鍵だけ閉めて行ったの」

いけしゃあしゃあと、楓の嘘もたいしたものだ。

「大丈夫だったのか?」

「ええ。でも、大切なお客様だし、お家《うち》まで送って行ったの。去年、奥様を亡くされて、ひとり暮らしで、迎えに来てくれる人もいないから心配で」

そこまでスラスラと言うかと、勇矢は感心しながら呆れていた。

「おいおい、奥方を亡くした客の家まで行って、懇《ねんご》ろになったんじゃないだろうな」

背の高い方が言った。

「問題だぞ」

もうひとりの客がすぐに続けた。

「そろそろ結婚しようかしら。その人と」

「おい、本気か?」

「ウソピョ〜ン」

ママが舌を出すと、客が笑った。

男なら、こんなママが可愛いと思うはずで、秋月も栄《さか》えるはずだ。

またすぐに、ひとりの客が入ってきた。

「明日から一週間も出張だ」

「あら、どこに？　お土産忘れないでね」

賑《にぎ》やかになった。

「今夜はまだ野暮用があるから」

主水が立ち上がった。

「えっ？　もう？」

「この後、まだ仕事なんです。顧客と会わなくちゃならないんで」

勇矢が答えた。

ママも他の客がいては主水とベタベタできないと思っているのか、意外とあっさりと見送った。

「楓がママのパトロンを知ってるとは思わなかった。病院の院長とはな。高塚氏は健康器具の会社だし、もしかすると」

主水がニヤリとした。

「もしかすると何ですか」

「高塚氏はその病院に健康器具を納めてるかもしれないぞ。パトロンとも知らず、ママに紹介されて。出張目的はそれだ」

「まさか」

勇矢は一笑に付した。

「これから紅千鳥に行くには早すぎるな。今晩あたり、閉店後にママと食事できるかもしれないからな。十時過ぎに行けばいいだろう。それまで、どこか開拓するか」

まだ八時だ。

「パトロンがわかったんですし、前祝いで、紅千鳥で贅沢《ぜいたく》にパアッといきましょうよ」

今朝まで一緒だった結香に会いたくてたまらない。結香との肌の相性も最高だ。

「チーママに会いたいんだろう？　まあ、これといって他に行きたいところもないし、行くか。意外と、今夜あたり、パトロンのスケベ院長も来てるかもしれないしな」

主水の足が紅千鳥に向いた。


テーブルに着くと、すぐに結香がやってきた。

茄子《なす》地の裾から上前にかけて花の模様がびっしりと刺繍《ししゅう》された着物は、地色が地味な色だけに豪華だが落ち着いている。錦織《にしきおり》の袋帯《ふくろおび》も上品だ。

「金曜日はおふたりともお見えにならなかったのね」

「仕事が忙しくてな」

昨夜、結香が勇矢の部屋に来て朝までいたのを主水は知らない。結香は今朝の五時過ぎに部屋を出た。

秋月で主水が楓といいちゃついていた分、ここで結香と仲よくしているのを見せつけたいが、それができないのが残念だ。

「今日はお客様が多いみたい。ずっとテーブルについていられないと思うけど、ごめんなさいね。もうじき四、五人いらっしゃるし。その後も何人か」

「みんなチーママの客か」

「まさか。ほんのちょっとだけ」

客がついているのを喜んでやらないといけないとわかっていても、結香を独《ひと》り占めしたい気持ちに苛《さいな》まれ、贔屓《ひいき》客に嫉妬した。

「ミクリちゃんをつけましょうか。若いのに、博多弁を使うのが面白いでしょう？」

「いや、若すぎるのは苦手だ。やっぱり三十路《みそじ》過ぎないとな」

目が大きくて可愛いが、とんでもない蟒蛇《うわばみ》だ。博多弁をまくし立てられながら上等のウイスキーやブランデーを、水のようにグイグイ呑まれてしまったのではたまらない。

「じゃあ、今日からの人を紹介するわ。今、化粧室みたいね。社長さんと武居《たけい》さんは遊び慣れていらっしゃるから、どんなホステスがいいか、だいたいわかるの。ママがいちばんでしょうけど、ママは同じ席で落ち着くわけにはいかなくて。これから紹介する人は指名料はいらないし」

「ヘルプか」

「いいえ。なかなか頭も切れそうだし、退屈しないと思うわ。あ、ちょうどよかったわ、紫織《しおり》さん、こちら、東京から出張してきていらっしゃる方達なの。ちょっといいかしら」

結香の視線の先を追った勇矢は、

「わっ！」

思わず声を上げた。

「おっ！」

いつもは落ち着いている主水まで目を見開いた。

「あら、どうなさったの？」

結香が主水と勇矢を交互に見つめた。

勇矢達が言葉を出す前に、

「初めまして。紫を織ると書いて紫織です。よろしく」

白いドレスの紫音が、落ち着いた笑みを向けた。間違いなく主水の娘、東京にいるはずの紫音だ。

人気女優に似た身長百六十五センチほどの、すらりとした姿態の三十過ぎの美人だ。理知的な面差しは高級クラブに相応しい。ぴったりしたドレスが、胸元のふくらみと、くびれたウエストを強調している。

ウェーブのかかった艶やかな黒髪は、烏の濡れ羽色とか、緑の黒髪というのだろう。髪の毛の一本一本にさえ力強いエネルギーが宿っているようだ。

輝くオーラが紫音を包んでいる。

「近所の居酒屋の娘にそっくりで驚いた。な、似てるな。きみも驚いたんだろう？」

主水が勇矢の腕をつついた。

「ええ……僕もびっくりしました」

「まあ、ご近所の居酒屋の娘さんにそっくりなんですか？」

結香も驚いた顔をした。

「いや、じっくり見ると、やっぱりちがう。だけど、パッと見は瓜《うり》二つだ……」

紫音が、初めまして、と言ったからには、勇矢も初対面を強調しなければならない。だが、どうして紫音がこんなところにいるのだろう。主水も慌てている。

「今度、そのそっくりさんに会わせて下さいね。世の中には自分にそっくりな人が三人いると言いますから、そのひとりかしら」

紫音は他人を装《よそお》って唇をゆるめた。

「実は、紫織さんも東京の人なんですよ。短期のバイトですから、東京に戻ったら、ぜひ、その方と対面させてあげて下さいね。こちら、ちょうど東京から出張でいらしてる加勢社長と常務取締役の武居さん。連日のように来ていただいてるの。よろしくね」

結香は勇矢達に、紫織を名乗っている紫音のことを説明した後、今度は紫音にふたりを紹介した。

最初は結香と紫音が勇矢達のテーブルについたが、いくら遊び慣れている主水とはいえ、実の娘がホステスとして目の前に現れては、いつもの調子が出ないようだ。

「好きなものを呑むといい。腹が減ってるなら、フルーツでも何でも頼むといい」

同じことを言うにしろ、主水の口調は心なしか不自然だ。

「遠慮しないで好きなものを戴いたら？　気前のいいお客様だから。とてもいい方達よ」

結香が紫音に笑みを向けた。

「ブランデーとウイスキーと二本も入ってるんですね。上等のウイスキーでは勿体《もったい》ないですけど、これでウイスキーソーダを戴いてよろしいですか？」

「ハイボールか。好きにするといい。ラストまで酔っ払わないといいがな」

主水は紫音に目を合わさないで、自分のグラスを手に取りながら言った。

「東京から短期のバイトというと、どういうことなのかな」

結香に不審がられてはと、勇矢は緊張しながら他人の顔で訊いた。

「私、ライターなんですけど、大手出版社の祥伝舎《しょうでんしゃ》から、全国のホステス事情を本にしたいから、中洲を受け持ってくれないかと頼まれたんです。それで、中洲では紅千鳥が一流と聞いて、ママに短期でいいから働かせてもらえないかとお願いしたんです。質問形式より、自分で働きながら感じたり見聞きしたことを書いた方が面白いと思いまして。これでも、以前、知り合いに頼まれて、赤坂《あかさか》のクラブに勤めたことがあるんですよ。それを話したら、一、二週間勤めてもらってもいいと言われ、今日からお勤めさせていただくことになりました」

そんなシナリオを作って乗り込んでくるのなら、前もって伝えておくのが常識だ。危ないことをやるものだと呆れたが、亡き妻を泣かせたという主水の浮気を偵察しに来たのかもしれない。

「ライターより、こんなお商売の方がいいんじゃないかと思うわ。客あしらいが上手で頭の回転も早いし、赤坂のクラブがお似合いと思うんですけど、どう思われます？　社長さんなら、紫織さんが東京のクラブにいたら通われるでしょう？」

「席に着いてもらったばかりで何とも……」

まだ勇矢も冷静になれないが、結香に視線を向けられた主水の困惑ぶりは愉快だ。

「あら、ひょっとして社長さん、紫織さんに一目惚れとか。いつもとちがうわ」

結香が、くふっと笑った。

「でも、私が席を外している間、もうひとりふたり、若い子を呼びましょうね」

結香が席を立ち、ひととき三人になった。

「きみ……」

声をひそめた主水は、その後の言葉を探している。

社内では他人を装っている父娘だけに、勇矢の手前、主水は紫音に気安い言葉を出せないでいる。

紫音は加勢ではなく、苗字も母方の野島を名乗っている。紫音に口止めされているので、勇矢はふたりの関係に気づいていない振りを続けている。

「まったく、前もって言ったらどうだ。こっちの仕事は順調なんだ。野島さんがここに来る必要はないんだ」

勇矢も声をひそめた。

「まあ、社長さんも武居さんも、もうこちらに一週間ですか。あちこちのお店に顔を出されたんですか？　ここがいちばんのお気に入りですか？　東京と比べて中洲のクラブはいかがですか？」

勇矢の言葉など完全無視で、紫音は他人を装って、故意に少し大きめの声でわざとらしい質問をしてきた。

もう十年も勤めているホステスのように堂々とした口調だ。紅千鳥の下っ端のホステス達より、よっぽど貫禄《かんろく》がある。ヘルプなど問題外だ。長くこの店に勤めているような雰囲気さえある。

赤坂のクラブが似合いそうだと結香が言ったが、紫音が東京で店をやれば繁盛するかもしれない。勇矢は物怖じしない紫音に、気が強い女だが、やはり男にとっては魅惑的だと思うしかなかった。

ママがやってきた。

勇矢より、主水がほっとしたのがわかった。

白地の絞りの着物には、ごく淡い紅藤一色で藤の花が描かれている。その着物にいっそう品格を持たせているのは、金やごく淡い色彩を使った花々を散らした錦帯だ。

「今日は忙しくてごめんなさいね」

「ママがひと所に腰を落ち着けられるようじゃ、たいした店じゃない。繁盛していていいことだ」

主水が少し落ち着きを取り戻してきた。

「今夜もママは店が終わっても、つき合いが大変そうだな」

「あら、お寿司のこと、忘れていませんわ。今夜あたり、ご馳走《ちそう》していただけるかと思っていたんですけど」

今夜のデイトの相手は主水と勇矢と決めていたのか、まだ時間も早いというのに、ママは自分から誘ってきた。

「この時間からラストまでいるわけはないと思って言ってるんだろう？　ママはラストまでいる客とデイトだろうし」

主水は故意に、ママの言葉など当てにしていないという口調で返した。

「ここをお出になっても、おふたりともすぐにおとなしくホテルに帰ってしまわれるようには思えないわ。中洲の夜は長いんですから、他のところにいらっしゃるんでしょう？」

ここのお店が終わってからの待ち合わせは無理なのかしら」

「私も中洲の零時過ぎのお店は魅力的だわ。他のお店のホステスさんやお客様もいらっしゃるでしょうし」


紫音がしおらしく、しかし、図々しく口を出した。

「よし、私はママと寿司。紫織さんだったか、きみは、こいつにどこぞに連れて行ってもらうといい。若いのは若い同士がいいだろう？　寿司に限らず美味いものを食べさせてくれるところはいくらでもあるだろうから、きみ達は肉でもどうだ。そういえば、こっちに来た日、博多で有名な屋台に行ったな。あそこも変わっていていいんじゃないか？　色々あったし」

主水は勝手なことを言った。

勇矢が結香とできていることを知っているくせに、紫音とデイトしろと言っている。娘がいてはママを口説けないからだろうが、ここでなぜ紫音とデイトしなければならないのだと、勇矢は腹が立った。

紫音は魅力的な女だ。賭けに勝って一回抱いたが二度目がないので、どうしたらその気にさせられるだろうかと何度も考えた。だが、今は結香一筋だ。結香を裏切るようで、福岡にいる間は、他の女は抱きたくない。

「じゃあ、社長さんは、零時に先にお寿司屋さんで待っていていただけます？　わかりやすいところですから。武居さんは紫織さんをよろしく。紫織さんは福岡のお客さんに案内してもらった方が取材になるんでしょうけど、まだ一日目だし、今夜は気楽に楽しめる方と一緒がいいかもしれないわ。社長さんがおっしゃったように、博多の屋台も一度は経験しておくといいわよ」

ママまで紫音とのデイトを後押ししている。

「中洲の取材に来て、東京の人間と飲み食いしても何も得るものはないでしょうから、福岡在住のお客さんを紹介してあげて下さい。まだこれからも、どんどんお客さんは見えるんでしょうし、ラストまでいる人と行くのがベストでしょうから」

勇矢は福岡にいる間は紫音から逃げたかった。他のテーブルについている結香に、ちらりと視線をやった。

「最低一週間は、ここで勉強させていただこうと思っていますから、今夜は東京の話でもしながら、気楽にお食事できると嬉しいです。これも何かの縁でしょうし」

東京では、誘っても冷たく突き放す紫音が、こんなときに限って縁などと言って食らいついてくる。皮肉なものだ。女好きの主水を見張らなくていいのかと言いたくなる。

「武居さん、よろしかったら紫織さんのこと、お願いします。しっかりしている女性で、ご迷惑はおかけしませんわ。私の目に間違いはありませんから。だから、急な話だったのに、紫織さんに働いてもらうことも承諾《しょうだく》したんですし」

「武居君なら楽しくエスコートしてくれるだろう。頼んだぞ」

「じゃあ、紫織さん、今夜は武居さんにご馳走していただくといいわ」

何も知らないはずのママの言葉は仕方がないが、艶々している主水の額を、勇矢は、またも思い切り引っぱたいてやりたくなった。

紫音と福岡でデイトとは、今まで想像もできなかった。

中洲は避け、ホステスや客が使わないような親不孝通りの居酒屋に入った。

親不孝通りは聞こえがよくないので、親富孝通りにしようということになって久しいものの、今も親不孝通りの方が勝っている。

昔、この通りの先に予備校があり、浪人生が通った道なので、そんな名になったらしい。正式には天神万町《てんじんよろずまち》通りだが、そんな名前を知っている者は少ない。

ちょうど他の客から隠れるような隅の席が空き、大きな声さえ出さなければ、秘密の話もできそうだ。

紫音は白いドレスから黒いスーツに着替えている。

「今日、やっとというか、早々にというか、ママのパトロンがわかった。依頼主の旦那さんがママとできているのもわかった。だけど、長くつき合っている正式なパトロンがいたってわけだ。パトロンを突き止めるまでは帰れないと思っていたが、そろそろ決着がつくかもしれない。どうしてこっちに来ると連絡しなかったんだ。ライターで、祥伝舎に頼まれて中洲のホステス事情を書くために来たと言ってたな。そんな嘘をついて、どうして紅千鳥のホステスにならないといけないんだ。社長も困ってたじゃないか。不自然なことがばれたらどうするんだ。高額な成功報酬をもらうためにこっちに来て動いてるんだ。足を引っ張るつもりか？　呆れたもんだ」

結香のことがチラチラ頭に浮かび、勇矢は苛立ちを隠せなかった。

あれだけの店のチーママをやっている結香と、頻繁《ひんぱん》に会えるとは思わない。だが、紅千鳥のママのパトロンもわかっただけに、福岡にいる時間が残り少なくなっているのがわかる。たとえ結香を抱けなくても、一緒にコーヒーを飲むだけでも落ち着いて眠れる気がする。

結香は贔屓客とのつき合いの最中かもしれないが、飲食が終わったら連絡してくるかもしれない。気になって、紫音といても心が弾まない。

「パパまで中洲に出張すると言い出したときから、仕事を口実に女遊びするつもりになっているのはわかっていたの。一週間でどれだけ遊んだの？　中洲は男が遊ぶには最高でしょう？」

やはり紫音は、主水の行動を探りに来たのだ。

「あのな、紅千鳥に毎日のように通っているのは仕事だ」

「仕事はわかってるわ。だけど、お客さんとして通って、どれだけママのことがわかると思ってるの？　雇われてるホステスが、店でママのことなんか話すはずがないでしょう？

私がホステスとして潜《もぐ》り込んで、仲よくなったホステスと外でお茶でも飲みながら、さりげなくママのことを訊いた方が早いんじゃないかと思うわ。ホステスと深い関係になって訊くというなら別だけど」

焼酎の水割りを口に含んだばかりだった勇矢は、思わず噎《む》せた。

「あら、もうホステスといい仲になったの？　東京には、お医者さんゴッコするモモちゃんもいるのにね」

いやな女だ。一年前の女の名前を、まだ覚えている。

イメクラのモモと深い関係になったのは、仕事のためだ。依頼を解決するために動いていて知り合った。可愛い女だったが、しばらく会っていない。

紫音がモモのことを知ったのは、勇矢が風呂に入っている間に、ケイタイを盗み見たためだ。油断も隙《すき》もない女だ。

こんな女を妻にしたら、一生、気が休まるときはないだろう。だが、ボディは魅力的だ。生意気なだけに、ギャフンと言わせてやりたい気持ちになる。何とか従わせたいという気になり、無視できない。そこが勇矢にとっては悩ましいところだ。

「先週は店に依頼人の亭主がやってきた。尾行もした。ママの尾行もしている。それで亭主とママの関係もわかった。ママのパトロンのことは他の店のママから聞いた。たった一週間で上出来だ。遊びで動いてるんじゃないんだ」

勇矢はムッとした口調で言った。

「何だか乱暴ね。私がいると困るんでしょう？　あなたもパパも」

完全に皮肉だ。

「ああ、困る。もうじき調査終了というときに邪魔されてもな」

「ふふ、おつき合いの邪魔でしょ？　私、昨日の昼にはこっちに着いたのよ」

同じホテルだと困るが、紫音は最初から紅千鳥に勤めると決めてやってきたようで、ママに不自然に思われないように、それほど売れていないライターに相応《ふさわ》しいビジネスホテルを取っている。紫音の着ていたドレスは、店に用意されていたものらしい。

「あなた達の泊まっているホテルのオープン喫茶で、夜、コーヒーを飲んでいたら、チーママの結香さんがやって来て、エレベーターに乗ったわ。そのときはチーママだなんて思わなかったけど、今日、お店で和服のチーママを見て、どこかで会った人のようだと思っていたら、昨日の洋服の人だと思い当たったの。私は人の顔を覚えるのが得意だし、チーママなら忘れないわ。なかなか魅力的な美人だもの。一週間でチーママに手を出すなんて、さすがね」

「いい加減なことを言うな」

ギョッとしたが、精いっぱい不機嫌な顔をしてみせた。

「パパはどっちかというと、ママにちょっかい出すでしょうね。チーママはあなただわ」

紫音の分析は凄すぎる。恐ろしい女だ。まるで、心の底まで見透《みす》かされている気がしてきた。特殊な読心力でも備わっているのかもしれない。一日二十四時間、トイレの中まで覗かれている気がしてきた。

「そのいい加減な想像は嫉妬か？　俺の泊まっているホテルに、チーママの知り合いがいたんじゃないか？　それに、もし俺がチーママに手を出しても、文句を言われる筋合いはないな。一度は抱かれていい声を上げていながら、二度目はなしか。俺が上手すぎて、よがり声を上げるのが悔しいんだろう」

言い終わるや否や、紫音の手にしていた焼酎の水割りが、まともに勇矢の顔に掛かった。

すぐには何が起こったのかわからなかった。

「最低な男ね。ここまで最低とは思わなかったわ」

美形の紫音の顔が般若《はんにゃ》になっている。

言葉が過ぎたと思ったが、後の祭りだ。ここで怒鳴《どな》るわけにはいかない。ハンカチを出して顔を拭《ふ》き、ネクタイ、スーツと拭いていった。濃いめの芋焼酎の匂いがプンプンだ。

「スーツが台なしだ。もう一着持ってきたからよかったものの、よくやってくれるよな。生理前のヒステリーか？」

また余計なことを言ってしまった。

今度はグラスが飛んでくるかもしれないと、ついハンカチを持った手で顔を隠した。だが、何も飛んでこなかった。

「私が下手なテクニックでよがり声を上げるかどうか試してみる？　私がいい声を上げる前に、さっさといってしまうくせに。何よ、下手くそなのに上手いと思ってるの？　笑わせないでよ」

今後、紫音とのベッドインはないだろうと思ったが、女心はわからない。紫音は挑んでいる。たった今からセックスしようと仕掛けている。

「試していいのか。たった今からラブホに行くか？　ホテルじゃ存分にやれないからな」

紫音に弱気を見せてはならない。紫音の性格はわかっている。勇矢も挑むような口調で言った。

「モモちゃんやチーママに悪くないの？」

またも紫音は癪《しゃく》に障ることを言った。

紫音がしたと同じように、頭から水割りをぶっ掛けたい心境だ。

「恐れをなしたか。逃げるなら逃げろ。試したいならついてこい」

勇矢は芋焼酎の匂いのするスーツのことも忘れ、伝票を取って立ち上がった。


タクシーを止めて乗り込むと、紫音も乗り込んできた。どうやら、今夜は紫音と一戦交えることになりそうだ。こんなことになるとは思わなかった。予想外のことばかり起こる。

「上等のラブホテルに案内してくれませんか」

「は？」

「辛気臭《しんきくさ》くない上等のラブホテルまでお願いします。中洲近辺以外で」

結香に会ったら大変だ。少し離れたかった。

「中洲近辺がだめなら、吉塚《よしづか》あたりでよかですか？」

「東京から来てるんで、博多のことはわからないんです。せいぜい二十分内のホテル……いや、十分内のところなら、もっといいかな」

吉塚と言われても初耳だ。釘を刺しておかないと、あまり遠くまで連れて行かれても困る。

「芋焼酎ば呑んできんしゃあたとでしょ？」

運転手の言葉にはっとした。

「店員がグラスを倒して、スーツに掛かってしまったんです。匂いますか。すみません……」

知らん振りしている紫音の手の甲でも抓《つね》ってやりたい心境だ。

「いえ、私も芋焼酎が好きで、よか匂いと思うたとです」

運転手がバックミラー越しに笑った。

十数分のところで下ろされた。

いかにもラブホテルといった、きんきらきんに派手なホテルだ。夜中に入るのはいいが、明るくなって出るのは憚《はばか》られる。

宇宙の旅という、仰々《ぎょうぎょう》しい部屋にした。

部屋に入ると、銀色が多く使われていて落ち着かない。

ガキの使うホテルじゃないか……。

タクシーの運転手の趣味の悪さに、勇矢は舌打ちした。だが、客を運ぶのが仕事で、ラブホテルの中まで知っているはずがない。

「シャワー、先に浴びたらどうだ」

「焼酎臭いわ。先に入ってよ」

「おまえがやったんじゃないか」

「おまえとは何よ！」

「じゃあ、レディファーストで、野島さん、お先にどうぞ！」

この状況で、今さら野島さんだ、紫音さんだと呼べるかと言いたかったが、暗いうちにここを出ないと恥を掻く。今から長々と喧嘩《けんか》しているわけにはいかない。

紫音はこれ見よがしに勇矢の前でスーツを脱《ぬ》ぎはじめた。黒いスーツの下は黒いインナーかと思ったが、キャミソールもショーツもワインレッドだ。

ギャフンと言わせてやろうなどと思っていたが、インナーを見ただけでそそられた。

紫音はキャミソールを脱ぐと、ブラジャーも取った。ショーツを脱ぎ、ポイとベッドに放り、浴室に消えた。

一瞬のことだったが、一年ぶりに見る紫音の総身は、バランスのよさを保っていた。ますますボディに磨きがかかったようだ。

みずみずしく弾んでいた乳房に、すぐさまむしゃぶりつきたいほどだった。引き締まった足首は全身をより美しく見せ、溜息が出そうになった。そして、黒々とした濃い翳りがオスの本能を刺激した。

強烈なボディの映像は脳裏に刻まれ、ホカホカのショーツは目の前に残っている。

脱いだばかりのショーツが目の前にあって手にしない男は、男ではない。勇矢は、紫音が消えてから辛抱強く五秒待ち、ワインレッドのショーツを手に取った。

そのとき、浴室のドアが不意に開いてギョッとした。

「もの欲しそうにしていたものね。今度は匂いを嗅《か》ぐんでしょ？　そのくらいわかってるのよ。バカ！」

紫音が顔を引っ込め、ドアを閉めた。

勇矢の行動を知った上で、故意にベッドにショーツを放って行ったのだ。

猛烈に腹が立ったが、勿体ないのでショーツの二重底に鼻をくっつけて匂いを嗅いだ。淡すぎる匂いだ。紅千鳥を出る前に化粧室で穿《は》き替えたとしか思えない。猥褻《わいせつ》な香りが染みついていないのがわかっていて、残して行ったのかもしれない。シミでもついていたら、よほど鈍感な女でない限り、無防備に放ったままでいられるはずがない。

チクショウと思いながら、素早く服を脱ぎ捨て、浴室のドアを開けた。

シャワーを肩から掛けていた紫音は動じなかった。

「ワンちゃんなら、待て、もできないのかと、ご主人に叱られるところよ」

「俺を犬と一緒にするな！　俺が犬なら、おまえはメス犬だ！」

「だったら、後ろからのし掛かれるの？　やってみたら？」

ふふと紫音は唇をゆるめた。

いつものように、紫音は一歩も引く気配がない。勇矢を煽《あお》っている。

M男でも草食系でもないだけに、女王様のような態度をされると怒りで血が滾《たぎ》る。肉茎も怒り狂って勢いを増し、クイクイと騒ぎ立てた。

紫音に近づくと、シャワーのノズルが勇矢の顔に向けられた。

「わっ！」

湯が目に入り、一瞬、何も見えなくなった。

目を擦《こす》っている間に、紫音は浴室から消えていた。

もう許さないぞと、流れ続けているシャワーのノズルを取ってざっと躰《からだ》に掛けた勇矢は、浴室を飛び出した。

「よくもやってくれたな」

冷蔵庫からミネラルウォーターを出していた紫音に、勇矢は冷静を装って笑みを浮かべた。

「焼酎臭いから流してあげたんじゃない。髪、洗ってきたら?」

「その間に、また俺のケイタイでも盗み見るつもりか。最低なことをする女だからな」

「最低はどっちよ。口には気をつけた方がいいわよ」

こんな言い争いをしていながらセックスしようというのだから、尋常ではない。それでも、前進するしかない。まるで戦場だ。

「泣くのがいやなら、おとなしくケツを向けてワンちゃんになれ」

「バカなこと言わないで。泣くのはそっちでしょ？」

紫音の薄い笑みは恐怖だ。

目の前の勇矢に臆《おく》することなく、紫音はグラスにミネラルウォーターを入れ、流し込むようにスマートに飲み干した。

「今はヒクヒクしてるけど、ムスコさん、眠いんじゃないの？　途中で萎《な》えたりして。早漏なら、まだましだけど」

どこまで挑発するつもりだろう。これから命がけの格闘技という雰囲気になってきた。怖《おじ》けるな。たかが女だ。社長の娘が何だ。一回でも、セックスした相手じゃないか……。

一年前を思い出し、勇気を奮い立たせた。

行け！　と、頭の中で突撃命令が下った。

ベッドに押し倒したまではよかったが、おとなしくキスなどさせてくれるわけがない。

一年前と今とでは、まったく状況がちがう。

「このままムスコを突っ込むぞ！」

「やってみたら？」

「したくないのにここまで来たのか。だったら帰るぞ」

やる気満々、挿入したくてたまらないが、引っ掻かれ、蹴られ、散々なことになりそうな気もする。

結香なら悦《よろこ》んで躰を開いてくれるのにと、部屋に入ってひととき忘れていた女を思い出した。

「怖気づいたのね」

そう言われては引くに引けなくなる。

「したくないと思ってる女と強引にする気はないからな。その気があるならフェラチオしろ」

「何ですって？　どうして私がそんなことしないといけないのよ」

「俺だけサービスしてもらうと嚙みちぎられるのがオチだろうから、俺はクンニをしてやる。おまえがムスコを嚙んだら、俺はオマメを嚙みちぎる。つまり、お互いの保証のために、シックスナインってわけだ。文句あるか。先にいかせた方が勝ちだ」

「勝ちだ、負けだと、バッカじゃないの」

完全に軽蔑《けいべつ》の表情だ。

「下手なんだろ。フェラが。そういえば、去年、下の口で俺のムスコを食ったものの、ペラペラ喋るその口じゃ、食ってなかったよな？　一時間かけても、俺をいかせることができないんだろう？」

今度は勇矢が煽った。

「先にいった方が、ここのホテル代を払うのはどう？　ホテル代、持ってるの？」

紫音が勇矢の挑戦に乗った。

「俺が上だ」

「私が上よ」

上の方が有利だ。下では動きにくい。上になって口戯をされながら腰でも上げられたら、肝心の女の器官まで舌が届かなくなり、先に昇天だ。

今夜はそれは困る。ホテル代の問題ではなく、男の沽券に関わる大問題だ。今後、紫音に偉そうな顔をされないためには、この闘いに負けるわけにはいかない。負けないために大サービスするのは矛盾《むじゅん》しているが、話の流れでこんなことになってしまった。

「ジャンケンで決めよう」

「横向きなら公平だわ」

「よし、決まりだ」

ジャンケンに負けたらどうしようと不安だっただけに、いいアイデアだ。紫音も下になったときの危惧から、横臥《おうが》を考えたのかもしれない。

紫音が下になれば、肉茎を自由に玩《もてあそ》ぶことができなくなる。頑張るほどに首が疲れ、短時間で口戯を施《ほどこ》せなくなるのがオチだ。

勇矢は枕に足を向け、漆黒の翳りを載せた肉マンジュウの前に頭を持っていった。

女豹《めひょう》にピッタリの濃い翳りが目の前にあるだけで、剛棒の血液が沸騰しそうだ。

「うっ……」

勇矢が艶《つや》やかな翳りに視線を奪われていたとき、早くも肉茎の根元を握った紫音が、パックリと肉根を咥《くわ》え込み、間髪入れずに唇で側面をしごき立てた。

まだ肉マンジュウを開いてもいないのに遅れを取ったと思ったとき、紫音の舌が亀頭をつつき、すぐに、べちょっと舐めまわした。

「う……」

後ろのすぼまりがゾクッとして、総身が粟立った。

「おっ……」

今度は鈴口を舌先でツンツンとつつかれ、次に差し込むようにして捏《こ》ねまわされた。

生温かい舌の感触だけでもゾクゾクするのに、強弱のつけ方も舌の動きもたいしたものだ。

舌が動くだけでなく、肉茎の根元を握っている手も、握ったり弱めたりという単純な動きだけでなく、世界に名だたるピアニストの指が、流暢《りゅうちょう》に鍵盤の上を流れているような驚きの躍動だ。

「うっ……」

声が洩れてしまう。このままではまずい。

フェラチオは下手だろうと言ったのを根に持って、数秒で射精させるつもりではないかと思えるようなテクニックだ。

「ぐっ」

もう一方の手が皺袋を包んだ。

二刀流どころか、唇と舌も動いているのだから、たまったものではない。これが普通のセックスなら、心地よさを存分に堪能したいところだが、先に気をやるわけにはいかない。

このまま紫音の口戯で果てたい誘惑を押し退け、やっとのことで肉マンジュウを左右にぱっくりと割った。

ぬらりと輝くパールピンクの粘膜。シャワーを浴びたばかりだというのに、鼻腔を刺激する仄《ほの》かなメスの香り……。

目に映った女の器官と淫臭が同時に脳天を刺激して、またも一、二秒、動作が止まった。

その間に、紫音の舌と唇と両手の指は、皺袋と肉茎と亀頭を一緒くたに責め立てた。

肉茎を頬張った頭をゆっくりと引かれているのに、逆に屹立を吸い込まれていくような気がする。

唇できつく側面をしごかれながら、同時に亀頭を舌で縦横無尽に舐めまわされているだけで昇りつめそうなのに、両手まで虫の触手のように蠢《うごめ》き続けている。

「うう……」

短い時間で朦朧《もうろう》としてきた。

相手に触れないまま気をやっては恥だ。

下腹部の快感を忘れなければと、無理なことを考えながら、ようやく舌を伸ばし、会陰から肉のマメに向かって舐め上げた。

紫音の動きが止まった。

口戯を施されては、紫音も今までのような動きはできないとわかり、花びらを交互に吸った。そして、肉のマメもちゅるりと吸い上げた。

「うぐ……」

紫織の鼻からくぐもった喘《あえ》ぎが洩れた。

悠長に構えてはいられない。肉のマメを吸っては捏ねまわし、また軽く吸い上げた。ひととき止まっていた紫音の舌が動き始めた。頭を上下させながら肉笠を唇で引っ掛けていく。裏筋にも、つっと舌が這う。

ぐじゅじゅば……という肉茎を頬張る破廉恥な音や、ぺちょちゅぺ……という女の器官を舐めまわす猥褻な音が混じり合い、熱気と下腹部への快感で気が遠くなりそうだ。

負けてなるものかという一心だけで、何とか精を放つのを堪えているが、もう限界だ。さほど時間は経っていないはずだが、まるで一時間も二時間も肉弾戦が続いているような気がする。

最後の気力を振り絞って、勇矢は舌先で肉のマメを左右に玩び、最後にグイと舌全体を押しつけた。紫音は鈴口を吸い上げた。

「うっ！」

「ぐっ！」

股間から脳天を突き抜け、宇宙に向かって、めくるめく悦楽の波が駆け抜けていった。

同時に、紫音も法悦を極めて硬直した。

六章　奇計

主水からの電話で起こされた勇矢は、鉛の衣を着ているように、全身、疲労に覆われていた。

「朝食だ。十分で下りてこいよ」

いつもと変わりない主水だ。

「今日だけは昼まで寝かせておいて下さい」

八時半になっているが疲れ過ぎだ。いつもなら主水に対して反抗精神旺盛だが、今日だけは、頭を下げてでも横になっていたかった。

ラブホテルを出たのは早朝五時前だった。

紫音との激しい営《いとな》みで精根尽き果て、できるものならその場で眠ってしまいたかった。

だが、ぎんぎらぎんのラブホテルから出るところを人に見られるのは憚《はばか》られ、意識がしっかりしているうちにと、ホテルに戻ってきた。

紫音もひとりで残る気はないと、一緒にタクシーに乗った。まず紫音をホテルに送り、こちらに戻ってきた。重労働後の三時間睡眠はきつい。

「昼まで寝かせてくれだと？　ガキじゃあるまいし、顔を洗って目を覚《さ》ませ。明日はチェックアウトだ。残りの仕事を片づけて、夜には東京だ。いつまでも高級クラブで金を使っているわけにはいかないからな。今夜が最後だぞ。人様の金、つまり、依頼主の金で飲み食いしているのを忘れるなよ」

「明日……帰るんですか？」

いくら何でも急すぎる。今夜しか結香を抱けないと思うと、一気に目が覚めた。しかし、結香は忙しい。たとえ会えても、慌ただしいセックスしかできないかもしれない。できればいいが、無理かもしれない。

昨夜、主水は、紅千鳥が終わってからママと寿司を食べる約束をした。その後、いとも簡単にベッドインまで持っていくことができたのだろうか。それを、ブリーフケースに細《さい》工《く》したカメラで隠し撮りし、長塚氏に見せ、それで諦めてもらえると確信したのだろうか。

「ママと……紅千鳥のママとですが……もうシタんですか？」

つい赤裸々な言葉が押し出された。

「何を寝惚《ねぼ》けたことを言ってるんだ。あれだけの店のママが、そう簡単に客と寝るか」

拍子抜けした。

「じゃあ、どうして……」

「欲しいものが九割方は揃ったからな。次は東京で長塚氏と接触だ」

「でも、昨日から店で働き始めた野島さんは、一、二週間は勤めるとか言ってましたが……彼女を置いていくわけには……」

勇矢は結香に未練があり、何とか一日でも博多出張を延ばしたかった。そのために、紫音の名前を口にした。

「ああ、野島さんか。一、二週間と言わず、一カ月でもこっちで働くといいんじゃないか？　たまには変わったこともしたいんだろう。放っておけ」

「放っておけって、社長、自分の……」

危うく、娘と口に出しそうになって慌てた。

「会社の社員、それも社長の秘書ですよ」

すんでのところで何とかごまかせた。

「社長の私がいいと言ってるんだ。我々が帰ることは、野島さんには言うなよ」

主水の口調は楽しそうだ。

昨夜、親不孝通りの居酒屋で、主水が仕事を口実に女遊びするつもりになっているのはわかっていたと、紫音に言われた。

やはり紫音は、主水の行動を探りに来たのだ。そんな娘に気づいているのか、主水は紫音を置いてきぼりにするつもりのようだ。

「おまえ、チーママに、ちょっとは上等の帯でも買ってやれ」

「はァ？」

「好きな女と別れるときは、それなりのことはしろ。チーママはただの女じゃないんだからな。それとも、じゃじゃ馬の野島さんの方がいいか。昼まで寝かせてくれと言うからには、ほぼ徹夜したってわけだ。あれから野島さんとシタのか？」

他人行儀に野島さんなどと言っているが、紫音は自分の娘だ。よくそんなことが訊《き》けるものだと呆れた。

主水はひとり娘の結婚を望み、婿《むこ》捜しのためだけに、半《なか》ば道楽で会社を始めたと紫音に聞いている。

今、社員で婿候補ナンバーワンは自分ではないかと勇矢は思っている。しかし、紫音とセックスまでしていながら、ますます敵愾心《てきがいしん》が燃え上がっていく。紫音と結婚したら、毎日が派手な喧嘩になりそうだ。

「シタのか!」

ほんのひととき沈黙しただけで、勘違いしたらしい主水の声が高くなった。

「どうして僕が社長の秘書とベッドインしないといけないんですか。食事して別れました。その後、美味《うま》い芋焼酎に巡り合って、しこたま呑んでしまったんです」

「ただの二日酔いか……情けない奴だ」

主水が舌打ちした。


楓に泣かれると困ると、主水は秋月に寄ったものの、今夜限りとは言わなかった。

「温泉、どうするんです? ママに約束したじゃないですか」

「約束したからには行く。ただし、この仕事が完全に片付いてからだ」

今夜限りと思うと、歳に似合わず性格が可愛すぎる楓と会えなくなるのも淋しい。

紅千鳥にも、いつもと同じような顔をして出かけた。結香に明日は帰ると知らせたかったが、主水の話すなという命令には従わざるを得ない。

洗面所に立つ振りをすると、結香が気を利かせて、ドアの前でおしぼりを持って立っていた。やっとふたりきりでひとときでも話せる。

「何とか今夜、会えないかな」

「お月様」

「うん？」

「月のもの」

結香が溜息をついた。

お月様だけではピンとこなかったが、そういうことかと、やっと理解した。

「俺はかまわない」

「着物だし、こんな日は早く帰ってさっぱりしたいの。軽い方じゃないし、眠いし、あんまり具合もよくないわ……お店では、そんな顔はできないけど……ごめんなさいね……」

ついてない。いっそう抱きたくてたまらなくなった。コーヒー一杯でもと思ったが、具合がよくないのでは、それさえ億劫《おっくう》だろう。

生理が軽い者もいれば、仕事を休まなくてはならないほど酷い者もいる。これぱかりは男には体感できない未知の世界だ。

結香は着物だけに、なおさら大変だろうと想像はつく。最後の夜というのに、神様は意地悪すぎる。

「あのな、帯をプレゼントしたいんだ。俺が勝手に選んでいいかな。明日の昼に一緒にと思ったけど、出歩きたくないだろうし」

「二日目がいちばん酷くなるのよ……明日が最悪……帯のプレゼントなんて……無理しないで」

「百万もするのは買ってやれないと思うけど」

「そんな高いのはいらないわ。気持ちだけでいいのよ」

「どうしてもプレゼントしたいんだ」

ありったけの通帳のお金を叩《はた》いてもいい。

「四、五日後じゃだめ？」

「そんなにいられるかどうか。いつまでいられるかはっきりしないんだ。そろそろ片付きそうな気もするし」

「任せるわ。でも、本当に気持ちだけでいいのよ」

気持ちだけでいいと言われると、いっそう愛《いと》しい。チーママとして、店に締めてきても恥ずかしくないようなものを買ってやらなければと思った。

席に戻ると三人の女が座っており、紫音と蟒蛇《うわばみ》のミクリもいた。

「武居《たけい》さん、お疲れじゃないんですか？」

紫音が笑みを装って尋ねた。

「こんなに元気なのに、どうしてそんなことを訊くんだ。艶々《つやつや》してるだろう？」

セックスで疲れただろうと皮肉を言っている紫音がわかるだけに、空元気《から》を出した。紫音に負けてたまるかという気持ちしかない。しかし、平気な顔をしている紫音を見ると、あれだけ頑張ったのにと、悔しくてならない。

「疲れとんしゃあなら、ストレートでグイッと、二、三杯、呑みんしゃらんですか。あ、ほんの冗談」

ミクリが舌を出した。

東京に戻ると、十日ほど滞在した福岡が恋しくてならなかった。

結香に、出張は今日で終わりだと言えなかったことが気掛かりだ。

帯は、昼間、天神の店で選び、仕上がったら結香に送るように、呉服屋に頼んでおいた。

琥珀錦《こはくにしき》の袋帯で、色を抑えたおとなしく格調高いものを選んだ。どこに締めていっても恥ずかしくない帯だ。

仕事が終わったら大金が手に入ると、それを見越しての買い物だった。結香のためなら、いくら出しても惜《お》しくない。

東京に戻ってきたと、結香に連絡しなければと思ったが、二、三日してからにしようと、ケイタイに伸びた指を止めた。

黙って戻ることになり、結香が何と言うか考えると溜息が出た。落胆ではなく、怒りだったら……などと、余計なことまで考えた。


勇矢と主水が屋敷を訪ねると、文奈は淡い桜色地に小さな薄茶の十文字の入った紬《つむぎ》を着て、緊張した面持ちで出迎えた。花柄の入った小豆《あずき》色のおとなしい帯には落ち着きと気品があるが、着物と裏腹に、文奈は平静でいられないようだ。

「最初に確認しておきます。どんなことがあってもご主人を取り戻したい。そして、性愛生活も続けたい。つまり、ご主人とのセックスもお望みなわけですね？」

赤裸々な主水の質問に、文奈は耳朶《みみたぶ》を薄紅に染めた。

「そういうことで進めていいんですね？」

「中洲のママと……夫は……」

文奈が泣きそうな顔をして訊いた。

「ママには正式なパトロンがいました。でも、客商売ですし、ご主人は金蔓《かねづる》のひとりとして、適当に玩《もてあそ》ばれているようです。別れさせるのは簡単です。自信があります。ただし、奥様にも、ほんのちょっと協力していただきたいんです。簡単なことです」

「私にできることなんて……」

心細げな文奈は色っぽい。

じゃじゃ馬の紫音とは月とスッポンだ。

「この本をどこかに仕舞っておいていただくだけでいいんです。この封筒ごとです。ただし、どこに仕舞うか教えておいて下さい」

主水は厚みのある状袋を文奈の前に差し出した。

奥様へ、と書かれている。

「一応、ご覧下さい」

文奈は手にした状袋から冊子を出しただけで、目をまん丸くし、息を呑んだ。

「いや！」

慌てて本の表紙を裏返しにして、テーブルに置いた。

『緊縛のすべて』『閨房術《けいぼう》』『SMを知る』『SMカタログ』『野外プレイの勧め』という五冊の本の表紙には、題そのままのように、緊縛やヌード写真が使われている。

長塚氏と正常位でしか交わったことがないように見えるノーマルな文奈だけに、表紙を見ただけでも、カルチャーショックは大きいだろう。

「今でなくていいですから、後で、ざっと中を見ておいて下さい。その袋は郵便受けに入っていたので、奥様は中を見た。ところが大変な本なので、驚いて、慌てて隠した……捨てたいけれど、近所の誰かに見られたらと、それも恐くてできなかった……そういう筋書きです。猥褻《わいせつ》な気持ちでお持ちしたのではありません。これも、ご主人を奥様の元にしっかりとお戻しするために使う小道具のひとつです。完璧に仕事をやり終えるには、細々《こまごま》とした小道具も必要なんです」

「困ります……こんな……こんなものを置いて行かれては……」

文奈は可哀相《かわいそう》なほど狼狽《ろうばい》している。

「置いて行かなければ、ご主人を中洲のママから取り戻すことができないかもしれないと言ったらどうします？」

「そんな……どうして……」

「後のことはお任せを。それから、奥様、男の浮気は病気のようなもので、ときどき他の女にちょっかいを出すかもしれませんが、奥様も夜のサービスを積極的にして差し上げれば、ご主人の浮気の虫も収まるかもしれません。自分からご主人にサービスすることはおありですか？　ご主人が手を出してくるまで待っているようではだめです。自分から求めたことはおありですか？」

「そんな……もう……そんな恥ずかしいことはおっしゃらないで」

うつむいて赤くなっている文奈を見ていると、もっと恥ずかしがらせたくなる。女の恥じらいはいい。しかし、真面目《まじめ》腐って話している主水を見ていると、そんなことを、よく上品な夫人に訊けるものだと呆れた。

「奥様、ご主人を中洲のママから離すことはできますが、次の女が出てきたらどうします？　この辺で、奥様にも、ご主人の心と躰《からだ》を、しっかりとつかんでいただかないと。そういうわけで、奥様からご主人を求めることがおありかと訊いているのです」

「そんな……そんなはしたないこと」

夫人は両手で顔を覆ってしまった。

「はしたなくはありません。奥様の新鮮さや意外さが、ご主人を自宅に引き戻すんです。恥じらいは、おおいにけっこう。でも、恥じらいながら大胆な行為をするというのも、男心を刺激するものです。ちょっと、閨房術の本を開いて下さい」

固まっている文奈を見て勇矢が手を伸ばし、その本を開いた。

肉茎への愛撫の仕方が図入りで懇切《こんせつ》丁寧に書かれている。勇矢もすでにパラパラとページを捲《めく》って見ているが、刺激が強すぎる教本だ。

想像するまでもなく、文奈は肉茎の図をちらっと見ただけで、さらに顔を赤らめ、再度、顔を覆い、勇矢の獣欲をそそった。

「ときどきご主人のものを、口や手で愛撫なさってますか？」

文奈が首を振った。

「ご主人は奥様のアソコを、口や指で丁寧に愛撫してくれるのに、奥様はお返しなさらないというわけですか」

ここまでくると猥談のようだ。

「ご主人をしっかりと奥様の元にお返しするからには、後のこともフォローしておかないと、仕事が終わらないのです。奥様は時々は指や口でペニスを愛撫などなさってますか」

「いや……そんなこと……お訊きにならないで」

気の毒なほど文奈は狼狽している。

「なさったことはありますよね？」

文奈は顔を隠したまま、首を横に振った。

「ないんですか！　それは問題です。ご主人がよその女にちょっかいを出す原因のひとつかもしれません」

世の中のこともセックスのことも、あまり知らないように見える文奈に、主水はいかにもという言い方をした。

性が解放されているような風潮だが、フェラチオやクンニリングスをしない夫婦の方が多いかもしれない。

夫婦でなければすることでも、夫婦になると、恥ずかしくてそんなことができるか、と言う者も多い。奇妙なことだが、そんなものかもしれない。

夫婦になると口戯などしなくなり、やがてセックスもしなくなるのだ。その代わり、連れ合い以外と、やたらしたくなるのだ。

「ご主人を中洲のママから離した後、奥様にも努力していただかないといけません。私達が懇切丁寧にお教えしますから、ご主人にお試しになってみて下さい。試す日はお教えします。ご主人がママを完全に諦めた日以降がいいですから。というより、ママを諦めてからでしか、ご主人は奥様に手を出されないでしょうし。ご主人の代わりのもので、簡単にお教えします。きみ、出してくれないか」

「は？」

まさか、股間《こかん》のものをここで出せと言っているつもりじゃないだろうと、勇矢はぎょっとした。

「しっかりした程々の大きさのをと頼んだだろう」

主水《じ》が焦れったいという顔をした。

「ああ、二、三本でいいということでしたね」

バナナだ。すっかり忘れていた。

主水に買っておけと言われ、金は後で払うと言われたので、てっきり主水が食べるのだと思っていた。妙だと思ったものの、金持ちの長塚家への土産《みやげ》のはずがないと、深くは考えなかった。

「では、このバナナがご主人のペニスと思って下さい」

そこまでするかと、勇矢は主水が依頼人をからかっているのではないかという気がした。だが、主水は真面目な顔をしている。真面目な顔をしていなければ薄気味悪いし、ただのエロジジイで、警察に通報されそうだ。

「大事な奥様の未来がかかっています。しっかり覚えて下さい」

主水の講義が始まった。


静かな喫茶店の片隅だ。

コーヒー一杯が高価なだけに、ざわついた雰囲気はなく、客層もいい。

長塚氏は勇矢の前で緊張していた。

紅千鳥で一度顔を見ているが、長塚氏の方はママ一筋で、店に勇矢がいたことなど気づきもしなかっただろう。

苦労知らずの顔をしている。身繕《みづくろ》いもきちんとしており、いかにも真面目そうで、こっそり浮気している男には見えない。

打ち合わせどおり、昨日、長塚氏の自宅に電話し、まず文奈に受話器を取ってもらい、長塚氏に替わってもらった。

『今のは奥様ですか。実は、紅千鳥のママのことでお話があるんですが』

電話の向こうで、長塚氏が息を呑んだのがわかった。

『奥様がいらっしゃると話したいことも話せませんから、できるだけ早く外で会っていただきたいんですが。無理ならけっこうです』

そう言うと、慌てているとわかる長塚氏が、今日を指定した。

勇矢は久留米での長塚氏とママのツーショットの写真を何枚か見せた。呉服屋に入っているものもある。主水の盗撮はたいしたものだ。

「紅千鳥のママと深い関係がおありのようですが」

写真を見た長塚氏が、コクッと喉を鳴らした。

「この日は、ママに七十万円の袋帯とは豪勢ですね。奥様にもそんな高価な帯をプレゼントされるわけですか？　その後にホテルにも行かれましたね。泊まりではなく、夕方まででしたが。ママが部屋に入ったのは、あなたの十五分後でしたね」

長塚氏は言葉を失っている。

「女房が……頼んだのか。女房は知っていたのか……」

やがて、やっとのことで長塚氏が言葉を出した。

「勘違いしないで下さい。奥様は何もご存じありません。あんなウブそうな奥様なら、ご主人の浮気など疑ってもいらっしゃらないでしょう」

「じゃあ、会社か……」

「どうして会社があなたの浮気調査をしないといけないんです」

勇矢はゆったりと笑った。

「じゃあ、なぜ……」

「その、なぜをお話ししないといけないので、お会いしているわけです。その前に、あなたは紅千鳥のママには、長くつき合っているパトロンがいるのはご存じなんでしょうね？」

「えっ！」

その反応で、長塚氏がパトロンのことに気づいていないのがはっきりした。

「相当に金と名のあるパトロンですが、それを知った上でママを奪って結婚しようとでも考えてらっしゃるんでしょうか。それなら、なかなか威勢がいいですね。同じ男として尊敬します。それに関しては何も申しません。ただ大きな病院の院長をパトロンにつけていれば、上客にも事欠きませんし、ママもなかなかパトロンと別れるとは思えないんですが。まあ、それは私にはどうでもいいことなんですが」

勿体ぶって言った。

「嘘《うそ》だろう……？　ママにパトロンがいるというのは」

「本当です」

「じゃあ、そのパトロンとやらが慰謝料を請求しているのか」

「ですから、ちがうんです。パトロンはママの火遊びは黙認ですから」

「そうか！　金が欲しいのはきみか。何だかんだと言っているが」

長塚氏はやっとわかったという顔をした。

「ちがいます。落ち着いて下さい。まずは、パトロンのことをお信じにならないなら、これを聞いてみて下さい」

ママと主水の話を録音した会話を、周囲に聞こえないようにイヤホンで聞かせた。

主水がママと寿司屋に行き、その後、軽く呑みに言ったときに録音されたものだ。

『ママは中洲で一流のクラブをやっているだけに、パトロンも一流でさすがだな』

『まあ、そんな人、おりませんわ』

『中洲で呑み歩いているとき、何軒かの店で噂を聞いた。加津羅病院の院長ということじゃないか』

『まあ、いやだわ。そんなことありませんから』

『私には嘘はつかなくていい。わかっていてこうして飲み食いしているんだし、ママにプレゼントも考えている。いろんな客から着物や帯ぐらい買ってもらっているだろうが、私も帯でもプレゼントしたい。だからといって、ホテルに行こうなどとは言わないし、心配しなくていい。パトロンの手前、そんな野暮《やぼ》なことは言う私じゃない。部下も言っていただろう?』

『帯のプレゼントは嬉しいわ。でも、パトロンの話は何かの間違いですから』

『実は今回の仕事で、加津羅病院の院長を知っているという男にもたまたま会うことになって、四方山《よもやま》話をしているときにママと院長がそういう関係らしいじゃないかと言ったら、知ってたんですかと、あっさり認めてくれた。だから、今さら隠さなくてもいいじゃないか。私は口が堅いし、それを知っても、また呑みにも行くし、パトロンもいない女に、あれだけの店のママが勤まるかと思っていた。誉めてやりたいくらいだ』

『そこまで言われてしまったんじゃ、仕方ありませんね。そのとおりです』

『十年ぐらいにはなるのか』

『そのくらいになるかもしれません』

『長続きするのは相性がいいということだ。時々つまみ食いするのも許してくれるんなら、言うことないだろう。太っ腹のようだ』

『太っ腹な人でないと続きませんわ。こんなお商売をしてるんですから』

『そりゃそうだ。男を気持ちよく騙《だま》すのが仕事なら、通い詰める男に、たまにはいい夢を見させてやらないといけないこともあるだろうし』

『まあ、誰とでもとお思いなのね』

『まさか。それじゃ三流だ。たまにならいいじゃないか』

『先に社長さんと知り合っていたら』

『はは、社交辞令でも嬉しい』

　長塚氏の口が半開きになった。目が虚《うつ》ろだ。

「そろそろ終わりましたか？　パトロンの話が本当だというのはおわかりいただけたと思います。ママが直接認めたことですし」

　この会話を録音できたことで、主水はママと深い関係にならなくても重要事項を聞き出し、仕事を終える結論を出したのだ。

このテープを聞いたときは、主水もやるものだと感心せざるを得なかった。勇矢は紫音ときんきらきんのホテルに行き、凄まじい闘いの火蓋を切ることになった頃だ。

「ママのパトロンのことはどうでもよかったんですが、ついでに調べました。パトロンがいようといまいと、あなたはママに惚れていて、ママとの時間だけを考えていらっしゃる。それでいいでしょうか。つまり、あなたは奥様に愛想を尽かされている。奥様と離婚してもいいし、煮るなり焼くなり自由にしてくれということでよろしいでしょうか」

「離婚……？　えっ？　私が妻と……？　ちょっと待ってくれ」

ぼっとしていた長塚氏が我に返った。

「やっぱり、妻が調査を頼んだのか……」

「ですから、奥様は何もご存じありません」

「はっきり言ってくれ。調査を頼んだのが妻でもママのパトロンでもなく、きみが私を脅しているのでもないとしたら、誰が頼んだんだ」

長塚氏の不安と苛立《いらだ》ちがわかる。

「依頼主のことを口にできるはずがありません。その人は奥様に一目惚れなさって、去年から、ずっと私どもに調査を頼まれているんです。奥様を自分のものにしたくてたまらないとおっしゃっています。でも、夫婦仲が円満なら諦めるしかないとも思われたそうです。ところが、あなたが紅千鳥のママにぞっこんとわかってから、だったら離婚も考えてくれるんじゃないかと、希望の光を持たれるようになったんです。というわけで、今回、中洲の調査を最後に、私どもが依頼主の代わりに、いよいよあなたとお会いすることになりました。ママに七十万もする帯をプレゼントされるぐらいです。相当入れ込んでらっしゃいますよね？」

「ママにパトロンがいるとは思わなかった。そんなこと……聞いてない。聞いていたら」

長塚氏はテーブルの上の拳を、ギュッと握った。

「帯なんてプレゼントしませんでしたか」

「もちろん。そうだろう？　そんな人はいないと言われたから……」

「パトロンがいても諦めないでアタックされるんじゃないんですか？」

「十年も続いているパトロンがいると聞いたら……」

長塚氏は完全に引いている。まずは第一関門突破だ。

「でも、他の女に夢中になるということは、奥様には未練がないということじゃないんですか？　この際、他の人に渡していただくわけにはいきませんか？　依頼主は奥様がたいそう気に入られて、自分のものになったら、一から調教して、素晴らしいM女に育ててみせると言ってらっしゃいます」

「えっ？　エムジョ……？」

「M女です。マゾの女と言ったらいいでしょうか。奥様は清らかな百合《ゆり》のようで、そういう女を探していたと言われました。依頼主はアブノーマルで、恥じらい深い美しい女性を縛ったり、医療プレイしたり、鞭で打ったりするのが好みで、どうしても奥様を調教してプレイしたいとおっしゃっているんです。そうなると、依頼主から私どもに礼金がたっぷり支払われるんです。どうですか、愛想を尽かされているなら、お渡し願えませんか。奥様を赤い縄で縛って全身をいじりまわすのも、依頼主の夢だそうです」

啞然としている長塚氏の表情は、写真に撮っておきたいくらいだ。

長塚氏の胸が喘《あえ》いだ。

「断る。そんな……私は妻に愛想なんか尽かしていない」

第二関門も突破しそうだ。

「奥様に愛想を尽かされて、紅千鳥のママに走ったんじゃなかったんですか？」

「ちがう……」

「奥様をお渡しいただく気持ちはまったくないということですか……」

「ない」

長塚氏がきっぱりと言った。

「困ったな……てっきり奥様には関心がなくなっていらっしゃると思っていましたが……実は、奥様に、私どもの会社の女性を近づけて親しい関係になってもらい、いろいろ聞き出してもらったんですよ。奥様は習い事をなさっていらっしゃるので、そのひとつに潜《もぐ》り込ませました。すると、彼女に心を許した奥様が、このところ、まったく夫婦生活がないと告白されたとか。奥様は愛されていないかもしれないとおっしゃったそうです」

長塚氏が、また喉を鳴らした。

「あんな美しい奥様と夫婦生活もないようでは、愛していらっしゃらないと考えるのが妥《だ》当《とう》かと思い、依頼人に奥様をお渡しする橋渡しができるかもしれないと思っていたんですが。そうそう、依頼人から頼まれて、お宅の郵便受けに、何度かちょっと公にはできないような本もお入れしました。奥様宛にです。それについても、うちから近づけた女性に、困ったものが届いて、ご主人に見つからないように、箪笥《たんす》の抽斗《ひきだし》……自分の下着の下に隠しているると告白されたそうです」

どうしても長塚氏に、それを発見してもらわなくてはならない。

「実は、緊縛や医療プレイの雑誌です。奥様を自分の愛人にしたいという気持ちがつのる一方の依頼者は、今から奥様を慣れさせておこうというのが狙いのようです。依頼者には正式な奥様がいらっしゃいますから、愛人にしたいということで、優雅な暮らしをさせる代わりに、広い別宅暮らしになり、自由に外に出ないようにと、監視の者も置かれるようです。手放されたら、二度と奥様には連絡が取れなくなると思っていて下さい」

だいたいの話は決めていたが、こうして話していると、話がどんどん大きくなっていく。それを聞いている長塚氏の表情が面白く、もっと脅かしてやれという気になってしまう。

「改めてお訊きしますが、奥様と何とか別れていただくわけにはいきませんか。もちろん、人身売買ではありませんから、依頼主からは、一円もお支払いするわけにはいきません。橋渡し役として、我々が依頼者に礼金を戴くだけです。奥様に、相手はアブノーマルな性癖の持ち主だなどと話すと逃げられるでしょうから、あくまでも金持ちの紳士としか申しません。セックスのない夫婦生活より、ヘンタイでも、ナニをしてくれる依頼者の方が愛情深いのかもしれませんし」

「私は妻との離婚など考えていない」

「でも、夫婦生活もなさっていないんですよね？」

「仕事が忙しくて疲れていただけだ……」

「中洲のママとはできるんですね」

「していない」

「そんなことを今さらおっしゃっても。ホテルの出入りの写真も撮ってますよ」

「セックスはしていない……口で……口でしてもらっただけだ」

長塚氏が嘘を言っているようには思えない。ママはひとつにならないことで、最低限のパトロンへの操《みさお》を立てているつもりだろうか。

「フェラチオだけですか……」

勇矢は声を潜《ひそ》めて言ったが、長塚氏は慌てて周囲に目をやった。

「にわかには信じがたいですが、ともかく、奥様のこと、何とか離婚という話に持っていけませんか？　今夜も淋しい奥様は、こちらで近づけた女性と会うことになっています。そろそろ奥様に、離婚して第二の人生はどうかと言ってもらうことになっています。ともかく、私の話が嘘か本当か……そうだ、アブノーマルな本が隠してあるかどうか調べてみるのもいいかもしれませんね。意外と奥様、熱心に読んでいらっしゃるかもしれません。こんな世界もあるのかと」

勇矢は唇をゆるめた。

翌朝、長塚氏の出社前に、勇矢は彼の自宅に電話した。

「今、よろしいですか？」

「文奈が……文奈が帰ってこなかった……こんなことはなかったのに」

長塚氏は動揺していた。

「誘拐《ゆうかい》などしていませんからね」

「昨夜、帰宅すると、女友達の家に泊まるので、ご心配なく、と置き手紙があった。ケイタイを切っているのか通じない……そんな手紙があったのでは警察に届けるわけにもいかないと思ったが、今日の夜までに帰宅しなかったら警察に届ける……いかがわしい本は……箪笥の中にあった……」

「やっぱり。嘘じゃなかったでしょう？　その本、どうしましたか」

「動かすと怪しまれると思って……また元に戻した……」

「それが賢明でしょうね。で、奥様は、うちの女性と一緒です。よほど腹を割って話せる相手と思ったのでしょう。ご主人に愛されていないから、これからどうしようかとも言っているようです。不安で相談したかったんでしょう」

「私には文奈が必要なんだ。文奈は……最高の女だ」

半ば泣き声の長塚氏に、勇矢はやれやれと胸を撫で下ろした。

「ほんの一、二分、お待ちいただけますか？　今回の依頼者とお話しになりませんか。依頼者は横暴ではありません。むしろ、逆の人物です。ご夫婦が不仲なら、奥様を是非、自分のものにしたいということでしたが、お話しになってみますか？　このままでは、依頼者は徐々に奥様を遠隔操作していかれると思います」

「遠隔操作……」

「ええ、アブノーマルな本を奥様宛に送られたのもそのひとつ、ほんの序の口です。近づけた女性を仲立ちに、ごく自然に自分に近づけるように仕向けられるでしょうね」

「困る！　文奈のいない生活なんて考えたことはない。平和に暮らしてきたんだ」

男は勝手な生き物だ。自分のことは棚に上げ、勇矢は紅千鳥のママに夢中だった長塚氏の心境の変化に呆れていた。

勇矢はいったん電話を切った。

二分後に、主水が長塚氏に電話を掛けた。

「はじめまして。今は名前を名乗れないのが残念ですが、奥様にぞっこんの男と言っておきましょう。紅千鳥のママに一途で、奥様に愛想を尽かされていると思っていたんですが、そうではないとか」

「あんな卑猥な本を妻に送るとは何ごとだ。妻とは離婚しない。妻もそのはずだ」

気弱にも見えた長塚氏が、喘ぐようにきっぱりと言い切った。

「証拠を見せていただけるなら諦めましょう。でなければ、奥様を諦めるわけには参りません」

「証拠？　今言っただろう。言葉が証拠だ」

「言葉はどうにでも紡《つむ》げます。奥様はしばらく夫婦生活がないと言ってらっしゃるようですし、証拠なら、実際にセックスをしているところを見せていただきたいものです。こちらの躰が火照《ほて》るほど激しいセックスをして見せてもらえたら、私も諦めざるを得ません。ご無理ですよね？」

「無理なもんか！」

「きっぱりとおっしゃいましたが、撤回された方がよろしいのでは」

「文奈は私の妻だ。誰にも渡さない！」

「では、証拠を見せていただきましょうか。今さら嘘だったなどとおっしゃれば、私はあなたを信用できなくなりますし、どんな策を講じてでも、奥様を納得させた上で、私の傍《かたわ》らに置かせてもらいます」

主水は最後までゆったりした口調で、電話の向こうの長塚氏に貫禄を見せた。

主水の知り合いのＳＭプレイ愛好者の別荘は、からくり屋敷だ。天井には滑車が隠され、壁や床には拘束具が隠されていたりする。だが、素人には普通の建物にしか見えないし、それが持ち主の設計時の拘《こだわ》りだったという。

勇矢は、この別荘に連れてこられて、リビングや各部屋のからくりを主水に聞いたとき、世の中にはこんなことに金を掛けて楽しむ変人がいるのかと、驚くより呆れ返った。

主水と勇矢は息を潜めて一室に隠れ、長塚夫妻のベッドインを覗くことになっている。覗くのは楽しいが、覗かれるのはまっぴらだ。だが、世の中には覗かれると興奮する輩《やから》がいるらしい。今、勇矢と主水がいる八畳ほどの寝室は、覗く側の使う部屋で、覗かれる方は隣室の寝室を使う。マジックミラーによって、この部屋から隣室が丸見えだ。だが、からくりを知らなければ、隣室で過ごす者は覗かれているのに気づかない。

マジックミラーの部分は、周囲を金色の花に縁《ふち》取られた大きなミラーとして壁に塡《は》め込まれている。

長塚氏には別荘のからくりは話してあり、勇矢と依頼主が覗くことも伝えている。

夫妻の絆の強さを見せてもらわなければ文奈を諦めないと言った、依頼主を装った主水の言葉に、長塚氏は受けて立つような言葉を返してしまい、応じるしかなくなっている。

文奈に対しては、別荘を借りる予定だった長塚氏の知り合いが急用で使えなくなり、使ってくれと鍵を渡されたというあらすじになっている。むろん、これは勇矢達から文奈には話しておらず、長塚氏から文奈に伝えてもらっている。

すべて勇矢達の計画通りに進んでいる。

勇矢達の籠《こ》もっている部屋には改装中の札を掛け、鍵を掛けて立ち入ることができないようにした。

ふたりがやってきたのは、午後二時頃だった。文奈は白っぽいワンピースだ。髪も下ろして肩まである。着物の文奈しか知らなかっただけに、やけに若い。そして、和服のときより、いっそう純情に見えた。

何も知らない文奈が、勇矢達の潜んでいる部屋のドアノブをまわした。まずは別荘の隅々まで見てみたいという心情はわかる。ひやりとしたが、開かないとわかったのか、それから隣の十畳ほどの寝室に入り、素敵……と言った。

ベッドはクイーンサイズ。三人でも横になれそうだ。

後から入った長塚氏の落ち着きがない。周囲を見まわし、鏡の前に立つと、舐《な》めるようにこちらを見つめた。

勇矢は、向こうからはこちらが見えないのを検分しているが、長塚氏と目が合うと、もしかして見えているのではないかと不安になった。

「汗が出た……シャワーを浴びてくる……文奈は……掻いてないか……」

「少し……」

「じゃあ、浴びてきたらいい……」

「お先にどうぞ……」

隣室の会話は聞こえるようになっているが、ふたりともどこか不自然だ。夫婦でいながら緊張している。

長塚氏は文奈を奪われないために、激しいセックスを見せなければならないと思っているだろう。だが、しばらく夫婦の営みから遠ざかっていただけに、手を出しにくいはずだ。ママ！　と、また口走ったらどうしようという不安もあるかもしれない。

一方、文奈は、女からも手を出したり、口や手で肉茎を愛撫したりしないと夫に愛想を尽かされると主水に言われ、バナナで長々と手ほどきを受けたものの、実際にできるかどうか心配でならないだろう。

主水に真面目腐った顔で、毎日、バナナで練習するように言われ、文奈は本を見ながら、バナナを咥《くわ》えたり舐めたりの練習もしたらしい。その光景を想像するだけで、勇矢はゾクゾクした。

勇矢が長塚氏と会った日の夜、計画通りに、予約していたホテルに外泊させられた文奈は、翌日帰宅すると、長塚氏に一泊の旅行に誘われたと、驚きの口調で報告してきた。

そのとき勇矢は、その旅行で、長塚氏は必ず手を出してくるでしょうと、自信たっぷりに言った。

長塚夫婦のためというより、夫婦の営みがどんなふうに始まり、展開するか、より刺激的に覗きたいだけの助平根性から主水が考えたことだが、文奈を他人に盗られたくない長塚氏は、すっかり騙されている。

先にシャワーを浴びてきた長塚氏は、脱衣場に用意しておいた白いバスローブを羽織ってきた。心なしか股間のあたりがモッコリしているように見える。

「ふたり分置いてあった……なかなか気持ちがいい……ゆったりするにはこれだ。至れり尽くせりの別荘のようだ……」

長塚氏は暗に、文奈もバスローブを羽織るように言っている。

コトが始まるのは夕飯後かと思ったが、昼間からその気になっているのかもしれない。長塚氏の胸がいやに喘いでいる。戦闘モードのようだ。

文奈も、長塚氏とママを離すことに成功したと言われ、その後、早々に一泊旅行に誘われたことで、何かを感じているだろう。

久々の夫婦の営みを予感し、浴室で丁寧にワレメの中を洗っている文奈の様子が浮かび、勇矢は鼻から荒い息をこぼした。文奈の翳りは、性格のように楚々《そそ》としているにちがいない。

長塚氏はマジックミラーになっている鏡を気にしていて、何度も勇矢達の部屋に視線を向ける。けれど、首を傾げては、他の所を探す目つきをしたりする。鏡がマジックミラーなのか半信半疑で、他にカメラでもついているのではないかと探しているのかもしれない。

白いバスローブで戻ってきた文奈も緊張しているようだ。ふたりとも、その気ありのようだ。普通の夫婦なら、さっさと始めるのだろうが、まるで初めての見合いのように互いに視線を合わせるのを避け、咳払いしたり、手で顔を扇《あお》いでみたりしている。

「シャワーを浴びたら眠くなった……夕方まで寝るか……眠くないか……」

ぎこちない言葉だ。

「私も……眠くなったみたい……」

まるで、初夜を迎える夫婦の光景を、古いモノクロの映画で見ているようだ。

ベッドに横になったふたりは、仰向《あおむ》けになり、息さえ止めているようだ。

行け！　男だろう！　おまえの女房じゃないか！　さっさと行け！

勇矢は心の中で叫んだ。

長塚氏は紅千鳥のママに、たとえ口戯しかしてもらっていないとしても、何度かホテルに行ったのだろうし、いい度胸だ。それが、妻を前にして硬直しているとはもどかしくてならない。

最初に動いたのは意外にも文奈だった。長塚氏の股間に手を伸ばしたのだ。

長塚氏のバスローブの下がモッコリしているように思えたが、すでに突撃態勢に入っているのは、次に文奈がバスローブの裾を割ったときにわかった。トランクスがテントを張っている。

文奈の話が本当なら、結婚以来初めて、文奈から長塚氏に手を出したことになる。長塚氏が動かないのは、意外すぎる事態に困惑し、動けなくなったためだろうか。

文奈の躰が下にずれ、長塚氏の股間の所まで頭を持ってくると、肩で大きな息をひとつした。そして、トランクスからいきり立った剛棒を取り出して握ると、パックリと口に入れた。

長塚氏の目玉が飛び出しそうだ。これまでにない文奈の行動に、言葉さえなくし、ただ仰天しているのが見て取れる。本当に硬直しているようだ。

バナナで練習しただけあって、大成功だ。だが、美味そうに根元まで頬張ったまではいいが、次の動きをどうしたらいいか戸惑っている。唇で側面をしごき立てながら頭を浮かしていき、また沈める動作を忘れているのだ。

バナナはあくまでもバナナ。肉茎は初めてで、いきなり本番のようなものかもしれない。

硬直していた長塚氏が、むっくりと半身を起こした。

驚いた文奈が剛棒を口から出した。ふたりとも胸が喘いでいる。

唐突に長塚氏が文奈を押し倒した。

短い声を上げて仰向けになった文奈のバスローブを開き、白いショーツをずり下ろした長塚氏は、その風貌からは想像できない素早さで踝《くるぶし》から布片を抜き取り、ポイと放った。

今度は文奈が硬直している。

白い膝を割って脚の間に躰を入れた長塚氏は、地肌が見えそうなほど薄い翳りを載せた肉マンジュウのワレメを、両手でグイッとくつろげた。

パールピンクに輝く粘膜や花びらが、肉マンジュウからアンコのようにこぼれないかと思えるほど、大胆に晒《さら》された。

長塚氏の頭が肉マンジュウに埋もれた。

「ああっ！　くううっ……あう！」

文奈のほっそりした首が伸び、顎がグイと突き出された。

「ああう……んんん……くうううう」

感じすぎて我慢できないのか、文奈がずり上がり始めた。長塚氏もそれだけずり上がっていきながら、口戯を続けている。食らいついたスッポンのように、離れようとしない。

「あう！　んぐ……くっ……だめ！　そんなに……んんっ……しちゃ……だめっ！」

勇矢は興奮していた。何処《どこ》かで見たような光景だと思い、主水が酔っ払った楓ママに、こうやって口戯を施《ほどこ》していたのを思い出した。楓は眠ってしまったが、目の前の光景を眺めていると、文奈が眠ってしまうはずはなく、喘ぎというより、半分叫び声のようになってきた。

「んんっ！」

文奈が法悦を極め、何度も大きく打ち震えた。それでも長塚氏の頭は、肉マンジュウから離れなかった。

「ヒッ！」

絶頂がやって来たのに口戯を続ける長塚氏に、文奈は悲鳴を上げた。

今は全身が性感帯になり、髪の毛の一本一本にまで神経が通っていると感じるほど敏感になっているだろう。そうなると快感ではなく苦痛だ。

過敏すぎる状況から逃げようと、文奈は悲鳴を上げながら、さらにずり上がったが、ついにヘッドボードで頭がつかえてしまった。

楚々とした文奈が、まるで別人のように足蹴りをはじめた。全力で抗《あらが》っている。口戯を続けられなくなった長塚氏が、ついに肉マンジュウから顔を離した。そのとき、右膝を胸に着くまで引いた文奈が、素早い動きで長塚氏の肩を蹴った。

怯《ひる》んだ長塚氏に、文奈は逃げの体勢をとって、ベッドから下りようとした。

文奈の腕をグイとつかんだ長塚氏に、文奈が短い声を上げた。

ふたりとも汗みどろの闘いをしているようだ。こんな展開になるとは思わなかった。

さらに意外な展開は、長塚氏がほどけたバスローブの紐を取り、文奈の両手をひとつにして、手首にぐるぐると巻き始めたことだ。

途端に、暴れていた文奈が、力が抜けたようにおとなしくなった。

今度は長塚氏が困惑している。成り行きでしてしまった行為の続きをどうしたものかと思っているのかもしれない。こんなことをするのは初めてだろう。文奈が箪笥に隠しているアブノーマルな本を見た長塚氏が、その記憶から、無意識のうちにこんなことをしてしまったのかもしれない。

文奈は文奈で、これまでされたこともない行為に戸惑い、やはり、主水から預かった本を見ているだけに、どうして長塚氏がこんなことをしたのか、もしかして他でこんなことをしているのではないかなどと勘繰り、言葉をなくしているのだろうか。

「文奈が……逃げようとするから……せっかく……あんなに」

沈黙が続くのを恐れるように、長塚氏が口を開いた。

「だって……もうオクチはいいの……いっぱい感じたから……だから……今度は」

文奈の言葉が止まった。

沈黙が続く間に、はだけたバスローブから剝《む》き出しになっている乳房が波打った。

「今度は……」

文奈の胸が、さらに大きく波打った。

「私がオクチで……してあげるの」

括《くく》られた手で文奈が顔を覆った。

「口は……口は後だ！」

「あっ！」

文奈を押し倒した長塚氏が、正常位で秘口を貫いた。

「んんっ！」

文奈の眉間《みけん》に悦楽の皺が刻まれた。

長塚氏が邪魔なバスローブを脱《ぬ》ぎ捨てた。

「おう、人のナニを見るのは面白いもんだな。朝まで続けてもらってもいいな。成功報酬の五百万円、これで間違いなく戴ける。後は中洲の呑み代に交通費に、さて、いくらもらったものかな」

主水は寝室に視線を向けたまま、にやついた顔で言った。

勇矢も文奈達の営みに興味はあるが、自分の肉茎が爆発しそうだ。

「人のを見たって仕方ないじゃないですか。もうふたりは大丈夫とわかったんですから出ましょう。今なら、ここを出ても気づかれないでしょうから。中途半端なときには出られませんし、明日まで出られないんじゃ、腹は空《す》くし、トイレにも行きたくなりますし」

「非常食も使い捨てトイレも用意してある。できるものならウンチは我慢しろ。おう、亭主、頑張るじゃないか。しばらく女房としなかった分、まとめてやってる感じだな。紅千鳥のママともしてないんじゃ、しばらく腰を動かしてないだけに、どれだけ頑張れるか見物だな」

長塚氏はせっせと腰を動かしている。文奈は色っぽい唇を開けて喘ぎを洩《も》らし、悩ましい眉間の皺を、ますます深くしている。

「出ませんか……？」

勇矢はしたくてたまらなくなった。

ここを出て結香に会いに行きたいが、羽田《はねだ》までどのくらいかかるだろう。まだ明るすぎる午後とはいえ、九州に着くときは夜になっているだろう。それに、前もって連絡していないだけに、必ず結香に会えるとも限らない。

結香に高価な帯もプレゼントすることになって散財し、淋しくなった懐具合を考えると、九州まで会いに行こうという思いも萎《な》えてくる。

紫音はふたりが帰ったことにすぐには気づかず、勇矢達が紅千鳥にやってこないのを不審に思ってか、四日も経《た》って電話してきて、ようやく置いてきぼりを食らったことがわかったようで、烈火のごとく怒っていた。

紫音とセックスなどできるはずがない。股間を蹴られて半殺しの目に遭うのが関の山だ。ほとぼりが冷めるまでホテルには誘えない。ほとぼりが冷めるかどうかもわからない。

「おっ、体位を変えたか。正常位しかできないと思っていたのに」

主水の声に我に返ると、長塚氏が文奈の脚を肩に載せ、破廉恥《はれんち》な格好にして突いている。

「だめっ。こんなの……恥ずかしい……んんっ……お腹まで突き抜けそう……いやっ……あう！」

深い結合に、文奈の総身が桜色に染まっている。いつしか両手首にまわっていたバスローブの紐は解けていた。

「いやいやいや！」

「これはいやか」

肩から脚を下ろした長塚氏は、文奈をひっくり返して腰を掬《すく》い上げた。

尻だけ高々と持ち上がったことに慌てた文奈は、肘を立てて逃げようとしたが、愛液でてらてらと光る肉茎が女壺に沈む方が早かった。

「くっ！」

四つん這《ば》いになった文奈の腕が小刻みに震えた。

もう我慢できなかった。

「社長、後はよろしく。僕は失礼します」

勇矢は部屋を飛び出した。そして、これからどの女に突撃しようかと考えた。

（この作品『蜜まつり』は『蜜せせり』と題して「小説ＮＯＮ」誌に、平成二十二年七月号から平成二十二年十二月号まで連載されたものを著者が大幅に加筆修正したものです）

蜜まつり

一〇〇字書評

切り取り線

購買動機（新聞、雑誌名を記入するか、あるいは○をつけてください）	
□（　　　　　　　　　）の広告を見て	
□（　　　　　　　　　）の書評を見て	
□ 知人のすすめで	□ タイトルに惹かれて
□ カバーが良かったから	□ 内容が面白そうだから
□ 好きな作家だから	□ 好きな分野の本だから

・最近、最も感銘を受けた作品名をお書き下さい

・あなたのお好きな作家名をお書き下さい

・その他、ご要望がありましたらお書き下さい

住所	〒				
氏名		職業		年齢	
Eメール	※携帯には配信できません	新刊情報等のメール配信を 希望する・しない			

この本の感想を、編集部までお寄せいただけたらありがたく存じます。今後の企画の参考にさせていただきます。Eメールでも結構です。

いただいた「一〇〇字書評」は、新聞・雑誌等に紹介させていただくことがあります。その場合はお礼として特製図書カードを差し上げます。

前ページの原稿用紙に書評をお書きの上、切り取り、左記までお送り下さい。宛先の住所は不要です。

なお、ご記入いただいたお名前、ご住所等は、書評紹介の事前了解、謝礼のお届けのためだけに利用し、そのほかの目的のために利用することはありません。

〒一〇一‐八七〇一
祥伝社文庫編集長　加藤　淳
電話　〇三（三二六五）二〇八〇

祥伝社ホームページの「ブックレビュー」からも、書き込めます。

http://www.shodensha.co.jp/bookreview/

上質のエンターテインメントを！　珠玉のエスプリを！

祥伝社文庫は創刊十五周年を迎える二〇〇〇年を機に、ここに新たな宣言をいたします。いつの世にも変わらない価値観、つまり「豊かな心」「深い知恵」「大きな楽しみ」に満ちた作品を厳選し、次代を拓く書下ろし作品を大胆に起用し、読者の皆様の心に響く文庫を目指します。どうぞご意見、ご希望を編集部までお寄せくださるよう、お願いいたします。

二〇〇〇年一月一日　祥伝社文庫編集部

祥伝社文庫

蜜《みつ》まつり

平成二十三年三月二十日　初版第一刷発行

著　者　藍川《あいかわ》　京《きょう》

発行者　竹内和芳

発行所　祥伝社

東京都千代田区神田神保町三－六－五
九段尚学ビル　〒一〇一－八七〇一
電話　〇三（三二六五）二〇八一（販売部）
電話　〇三（三二六五）二〇八〇（編集部）
電話　〇三（三二六五）三六二二（業務部）
http://www.shodensha.co.jp/

印刷所　図書印刷

製本所　図書印刷

カバーフォーマットデザイン　芥　陽子

Printed in Japan　©2011, Kyo Aikawa　ISBN978-4-396-33657-8 C0193

祥伝社文庫　今月の新刊

新堂冬樹　**女王蘭**
『黒い太陽』続編！　夜の聖地キャバクラに咲く一輪の花。

北川歩実　**影の肖像**
先端医学に切り込む、驚愕のサスペンス！

香納諒一　**血の冠**
北の街を舞台に、心の疵と正義の裏に澱む汚濁を描く。

柄刀一　天才・龍之介がゆく！　**空から見た殺人プラン**
諏訪湖、宮島、秋吉台…その土地ならではのトリック満載！

岡崎大五　**裏原《ウラハラ》宿署特命捜査室　さくらポリス**
子どもと女性を守る特命女性警官コンビが猟奇殺人に挑む！

西川司　**刑事の裏切り**
一刑事の執念が、組織の頂点を揺るがす！　傑作警察小説。

藍川京　**蜜まつり**
博多の女を口説き落とせ！　不況を吹き飛ばす痛快官能。

団鬼六　**地獄花**
緊縛の屈辱が快楽に変わる時——これぞ鬼六文学の真骨頂！

逆井辰一郎　**押しかけ花嫁**　見懲らし同心事件帖
「曲折に満ちたストーリーが、興趣に富む」—細谷正充氏

睦月影郎　**よろめき指南**
生娘たちのいけない欲望……大人気、睦月官能最新作！

鳥羽亮　新装版　**双蛇の剣**　介錯人・野晒唐十郎
唐十郎をつけ狙う、美形の若侍。その妖しき剣が迫る！

鳥羽亮　新装版　**雷神の剣**　介錯人・野晒唐十郎
雷の剣か、双鎌か。二人の刺客に小宮山流居合が対峙する。

橘かがり　**焦土の恋**　〝GHQの女〟と呼ばれた子爵夫人
占領下の政争に利用されたスキャンダラスな恋——。